Les Confidents
et autres nouvelles

Récits tirés des *Petites Mécaniques*

ÉTONNANTS • CLASSIQUES

PHILIPPE CLAUDEL

Les Confidents
et autres nouvelles

Présentation, notes, et dossier par
ANNE PRINCEN,
professeur de lettres

Flammarion

Le récit au XXe siècle
dans la collection « Étonnants Classiques »

ALAIN-FOURNIER, *Le Grand Meaulnes*
BERBEROVA (Nina), *L'Accompagnatrice*
BORDAGE (Pierre), *Nouvelle Vie et autres récits*
BUZZATI (Dino), *Nouvelles étranges et inquiétantes*
CARRÈRE (Emmanuel), *La Classe de neige*
CATHRINE (Arnaud), *Les Yeux secs*
CENDRARS (Blaise), *L'Or*
CHEDID (Andrée), *L'Enfant des manèges et autres nouvelles*
Le Message
Le Sixième Jour
Cinq nouvelles sur la cruauté ordinaire
CLAUDEL (Philippe), *Les Confidents et autres nouvelles*
DEL CASTILLO (Michel), *Tanguy, histoire d'un enfant d'aujourd'hui*
FERNEY (Alice), *Grâce et dénuement*
GARCIN (Christian), *Vies volées*
HOLDER (Éric), *Mademoiselle Chambon*
JONQUET (Thierry), *La Vigie*
KESSEL (Joseph), *L'Équipage*
LAROUI (Fouad), *L'Oued et le Consul et autres nouvelles*
LEROY (Gilles), *Zola Jackson*
MIANO (Léonora), *Afropean Soul et autres nouvelles*
Récits pour aujourd'hui, 17 fables et apologues contemporains
ROMAINS (Jules), *L'Enfant de bonne volonté*
SAUMONT (Annie), *Aldo, mon ami et autres nouvelles*
La guerre est déclarée et autres nouvelles
TROYAT (Henri), *Aliocha*
Viou
WESTLAKE (Donald), *Le Couperet*

Édition revue, 2015.
ISBN : 978-2-0813-6640-4
ISSN : 1269-8822

SOMMAIRE

Les Confidents
et autres nouvelles

■ Philippe Claudel.

PRÉSENTATION

Qui est Philippe Claudel ?

Philippe Claudel, agrégé de lettres modernes et professeur à l'université de Nancy en anthropologie culturelle[1] et littérature, membre de l'Académie Goncourt depuis 2012, est auteur et scénariste.

Repéré en 1999 au festival du premier roman de Chambéry pour *Meuse l'oubli*, poignant récit d'un homme résolu à entretenir la douleur du deuil dans un petit village assoupi de l'est de la France, il n'a cessé depuis de recevoir les honneurs des prix littéraires et les encouragements du public. Son roman *Les Âmes grises*, paru aux éditions Stock en 2003, récompensé à la fois par le Prix des lectrices du magazine *Elle* et par le prix Renaudot, a consacré son intronisation dans le monde des lettres. Véritable succès de librairie, ce récit, qui, à la façon d'*Un roi sans divertissement*[2] (1947) de Giono, marie l'énigme policière aux portraits sociologiques des notables de province, a été adapté au cinéma en 2005 par le réalisateur Yves Angelo sur un scénario de l'auteur. Les deux hommes avaient déjà collaboré pour le film *Sur le bout des doigts* en 2002.

En 2005, Philippe Claudel a publié aux éditions Stock *La Petite Fille de monsieur Linh*, qui raconte l'arrivée d'un grand-père rescapé des *boat-*

---

1. *Anthropologie culturelle* : science qui étudie les techniques de l'homme dans les diverses sociétés.
2. *Un roi sans divertissement* est une chronique mêlant différentes strates temporelles dans une narration complexe, racontant la dérive métaphysique et l'ennui qui s'emparent d'un capitaine de gendarmerie charismatique et ombrageux, Langlois, après l'élucidation d'une série de meurtres crapuleux dans les villages de Haute-Provence vers le milieu du XIXe siècle.

people vietnamiens dans un asile pour exilés anonymes. Éprouvé par la guerre et les deuils, ce réfugié solitaire survit dans le monde des apatrides grâce à la muette amitié qui le lie à un vieil homme. Dans *Le Bruit des trousseaux*, publié en 2002, l'auteur avait déjà exprimé cette veine humaniste, mais sur le mode documentaire, en racontant son expérience de visiteur de prisons. *Le Rapport de Brodeck* qu'il fait paraître en 2007 remporte le prix Goncourt des lycéens.

Philippe Claudel ne s'est pas consacré uniquement au roman. Il est à ce jour l'auteur de deux pièces de théâtre (*Parle-moi d'amour*, 2008 ; *Le Paquet*, 2010) et de textes poétiques (*Tomber de rideau*, 2009 *Quelques fins du monde*, 2011). Il s'est aussi illustré dans le genre du récit bref avec, en 2004, *Trois Petites Histoires de jouets*, et un an avant, en 2003, *Les Petites Mécaniques*. Paru au Mercure de France, ce recueil a été récompensé par le prix de la bourse Goncourt de la nouvelle. Cet ensemble de textes aux rouages minutieusement agencés évoque la fragile mécanique de la vie humaine, « que l'on pense infaillible, sûre d'elle-même et qui pourtant soudain se dérègle et se grippe [1] ». Le titre du volume est emprunté à une formule pascalienne placée en exergue [2], qui inscrit les textes qu'il contient dans une réflexion morale et philosophique. Chaque nouvelle, qui retrace un destin individuel jusqu'à l'issue funèbre de la mort, sert d'écrin à une méditation sur la vanité de l'existence.

Des *Petites Mécaniques*, nous proposons ici quatre récits : « Les Confidents », « L'Autre », « Paliure » et « Le Voleur et le Marchand ». Caractérisés par la variété de leurs univers de fiction, ils offrent une palette de nuances fantastiques et présentent une composition particulière, propre à susciter le vertige du lecteur.

---

1. Philippe Claudel, dans la présentation des nouvelles pour les éditions du Mercure de France (2003).

2. Voir p. 27.

Variété et fantaisie de quatre *Petites Mécaniques*

La première nouvelle de ce recueil, « Les Confidents », pourrait illustrer la formule du dramaturge espagnol Calderón (1600-1681) : « La vie est un songe. » Au cours d'un rêve, une jeune comtesse, Beata Désidério, jolie veuve solitaire, fait l'expérience d'une extase sans précédent. Elle assiste au saccage blasphématoire d'une église par deux hommes, fringants marquis, aux visages dissimulés par un loup vénitien de velours noir. Sur le parvis du monument, pendant que l'un des deux assène des coups de massue au pilier de l'édifice et que l'autre mutile avec sa dague la statue d'un saint, une femme au bras très blanc s'évente dans un carrosse. Transportée par ce rêve grandiose d'impiété, Beata Désidério cherche à en retrouver les acteurs dans le monde de courtisans auquel elle appartient, mais en vain. Pour ne rien perdre de la jouissance onirique, elle décide de faire peindre le début de son rêve, au moment où les deux hommes entreprennent leur besogne de destruction. Mais toutes les œuvres des différents peintres engagés la déçoivent. Cet échec consommé, elle entreprend de mourir au monde sensible. Recluse dans son palais, réduite à une languissante mélancolie, elle se réfugie dans la torpeur du sommeil et y recherche la fureur de ses premières extases. Pour cela, elle bannit la lumière du jour et évolue dans un monde nocturne où les miroirs sont obscurcis par de la suie, les domestiques portent un habit sombre, et l'eau de son bain est teintée à l'encre de seiche. Finalement, au moment où elle s'apprête à revenir à la lumière, les délices du rêve la ravissent à nouveau. Elle est désormais la femme au bras blanc et participe à la profanation du temple qu'elle se contentait de contempler la première fois. Ses deux acolytes l'ayant munie d'une dague, elle frappe la gorge d'une sainte statue. Au petit matin, on la retrouve poignardée, effondrée sur le sol de sa bibliothèque, la dague à ses côtés, et un étrange sourire de sculpture d'église sur les lèvres. L'extase sensuelle provoquée par l'écroulement du monument, le mélange de démesure et d'impiété, la sophistication du paysage mental dont rêve Beata composent, au cœur de la nouvelle, une alchimie toute baroque.

La nouvelle « L'Autre » évoque le destin d'Eugène Frolon, patron d'un commerce florissant et père de famille bourgeoisement installé, qui décide de changer d'existence du jour au lendemain. Bouleversé par la découverte de l'œuvre de Rimbaud, ce négociant s'embarque à Marseille, avec comme seul bagage un volume des *Illuminations*, pour suivre les traces du poète. Dépouillé au cours du voyage, il vit en ascète à Tunis, rebaptisé Reïmbo par les Arabes auxquels il récite les poèmes qu'il connaît par cœur. De plus en plus famélique et proche du dénuement mystique, il entreprend de rejoindre Harrar, qu'il atteint après la traversée des déserts de Libye et d'Égypte. Rendu presque inconscient par la faim et épuisé de fatigue, cet ancien marchand devenu poète parvient enfin à rencontrer Rimbaud, le poète devenu marchand, chez le négociant César Tian. Les deux hommes ont à peine le temps d'échanger leur patronyme que l'admirateur s'effondre, à bout de forces et usé par la douleur qui lui grignote la jambe « comme un animal rongeur ». Inconscient, il est transporté de Harrar à Aden et embarqué ensuite sur l'*Ocea nox* à destination de Marseille, comme le lui raconte un membre de l'équipage à son réveil. Amputé de sa jambe à l'hôpital de la Conception, il y décède le 10 novembre 1891 sous le nom de Rimbaud. La nouvelle se clôt ainsi sur la séduisante ambiguïté identitaire du personnage décédé, illustration de la formule rimbaldienne « Je est un autre ».

« Paliure » est un texte dont la lecture convoque spontanément une série de références fantastiques. Kafka, Saramago, Borges [1] se présentent

---

1. Franz Kafka (1883-1924), écrivain tchèque de langue allemande, et José Saramago, écrivain portugais né en 1922, prix Nobel de littérature en 1998, ont chacun exploré dans leurs œuvres l'aliénation de l'homme moderne par la société bureaucratique en révélant les pesanteurs administratives qui le condamnent à un destin absurde. Borges, écrivain argentin (1899-1986), a également contribué à donner naissance à un fantastique d'inspiration métaphysique, en développant dans ses nouvelles des labyrinthes fictionnels ou des leurres érudits, destinés à provoquer le vertige de l'infini chez ses lecteurs.

naturellement à l'esprit du lecteur découvrant l'univers étriqué de l'employé de musée Beshevich. Insensible aux œuvres d'art, il nourrit une fascination morbide pour les mots rares aux étymologies insoupçonnables. Sa monomanie compilatrice et lexicale, sa trajectoire misérable dans le gris labyrinthe des hiérarchies bureaucratiques évoquent l'atmosphère du *Procès* de Kafka, ou de *Tous les noms*, de José Saramago. Agacé par le mot « paliure », dont il a oublié le sens, le gardien de musée est en retard à son travail. Échappant aux remontrances de son chef, il prend son poste, obnubilé par la recherche de la signification de ce mot. Mais, bientôt, ce sont des élancements dans tout son corps qui le clouent de douleur et le transpercent de part en part. Beshevich tombe, paralysé de l'intérieur par la quête désespérée d'un signifiant. Il reprend conscience au petit matin, allongé sur le sol, devant un tableau (fictif) d'Antonello de Messine, *Crucifixion au buisson*. Seul, sans secours, il comprend qu'il est en train d'agoniser en contemplant le visage du messie couronné. Il tente une dernière fois de retrouver le sens du mot qui l'obsède, mais seul subsiste dans sa conscience à la dérive le regard surplombant du Christ. Il meurt en ignorant que les épines qui s'enfoncent dans le front du Crucifié appartiennent à une essence d'arbuste méditerranéen que les botanistes ont justement baptisé « paliure ». Ironie tragique, la passion des mots mène à la passion du Christ...

Le dernier texte, « Le Voleur et le Marchand », met en scène le voleur Colin le Bihot qui, avant d'entrer dans Colmar, rencontre un jovial et ventripotent marchand qu'il s'apprête à tuer et à détrousser. Mais sous les traits de ce personnage débonnaire se cache la Mort, qui enjoint à Colin de ne pas apposer sur son bras un septième sceau, cette croix de Saint-André qu'il grave dans sa chair à chaque meurtre commis. Colin, effrayé, mais trop heureux du sursis qu'on lui accorde, décide de s'amender et adopte une conduite exemplaire. Son courage, son endurance et son intelligence lui valent de devenir l'homme de confiance d'un riche marchand. Il se marie avec la fille de ce dernier et donne une nombreuse descendance à son bienfaiteur et beau-père. Vingt bonnes années se sont écoulées depuis que Colin a changé de vie ; il est devenu un bourgeois respecté et bien nourri. Un soir, au cours d'une promenade dans ses vignes, il s'assoupit sous un grand chêne, celui-là même à l'ombre duquel il avait rencontré la faucheuse, vingt ans plus tôt. Survient alors un grand gaillard, avec lequel il discute une bonne heure, jusqu'au moment où son compagnon de fortune tire un couteau de sa maigre besace pour lui trancher la gorge. Ce récit s'apparente à une sorte de conte philosophique ou de fabliau moral sur le thème du destin. Loin de l'arsenal un peu éculé des apparitions surnaturelles bouleversantes, Philippe Claudel joue avec l'imaginaire médiéval et les allégories métaphysiques (représentations de la mort).

Ces textes, mélanges d'univers et d'époques, semblent donc relever d'emblée d'une esthétique de la fantaisie et de la variété. Le choix de la nouvelle permet, comme l'indique l'auteur, « une variété de juxtaposition, de tons, d'époques, d'humeurs, de couleurs que ne permet pas le roman », autorise « de passer d'un univers à un autre [1] ». Avec malice et virtuosité, le nouvelliste nous perd dans le dédale obscur d'un palais tout droit sorti des *Chroniques italiennes* [2] de Stendhal (« Les Confidents »), nous mène sur les traces des pérégrinations rimbaldiennes (« L'Autre »), nous immerge dans la monomanie lexicale d'un personnage kafkaïen (« Paliure »), avant de nous prendre à témoin de la conversion d'un fripon dans le Moyen Âge de Villon et de Charles d'Orléans (« Le Voleur et le Marchand »). De ce point de vue, ces récits qui ont trait à l'étrange, au surnaturel (voir *infra*), rendent compte de la proximité étymologique des notions de fantaisie et de fantastique [3], patente dès le titre de l'œuvre de E.T.A. Hoffmann, *Fantasiestücke* – littéralement « morceaux de fantaisie », qui, à la faveur d'une traduction contestable de Loève-Veimars, en 1828, devint *Contes fantastiques* –, considérée comme

---

1. Philippe Claudel, dans sa présentation des *Petites Mécaniques* pour les éditions du Mercure de France (2003).

2. *Chroniques italiennes* : titre d'un recueil de huit nouvelles de Stendhal, publiées entre 1837 et 1839, qui, sur fond de Renaissance italienne tardive, évoquent les passions sanglantes et romanesques des grandes familles nobles. Comme Stendhal, Philippe Claudel cède ici aux charmes sulfureux des grandes figures aristocratiques de la péninsule adriatique.

3. « Fantastique » vient du grec ancien *phantastikos*, qui appartient à la même famille que le mot *phantasia* (« imagination ») dont est issu le terme « fantaisie ».

l'archétype du genre fantastique par la tradition littéraire. Cette richesse kaléidoscopique des univers présentés n'est pas la seule marque de l'esthétique de la variété à l'œuvre dans *Les Petites Mécaniques*. L'importance thématique des arts dans chacun des textes illustre également cette logique de la fantaisie et du caprice.

Les nouvelles offrent systématiquement des références, précises ou non, aux différents arts. La peinture est présente dans « Paliure », avec la mise en scène d'un tableau fictif attribué à Antonello de Messine et l'évocation d'une œuvre de William Turner, mais également dans « Le Voleur et le Marchand », avec la mention d'un retable apocryphe de maître Tierckaert. Dans « Les Confidents », elle est suggérée par le nom de l'héroïne, qui rappelle celui de Monsu Desiderio, nom d'artiste de deux peintres lorrains actifs à Naples au début du XVIIe siècle et dont les toiles représentent des architectures somptueuses qui vacillent, des colonnes qui se brisent, des statues qui basculent [1]. « Le Voleur et le Marchand » fait référence au film d'Ingmar Bergman, *Le Septième Sceau* (1957), dans lequel un croisé de retour de guerre sainte tente de prolonger sa vie en proposant à la Mort une partie d'échecs. Il constitue aussi un clin d'œil littéraire au roman de l'écrivain tchèque Leo Perutz, *Le Cavalier suédois* [2]. La littérature s'immisce aussi, bien sûr, dans le récit « Paliure », imprégné d'une ambiance kafkaïenne et dans « L'Autre », à travers les nombreuses citations

---

1. Voir p. 26.
2. Dans l'Europe orientale du début du XVIIIe siècle, pendant les grandes guerres entreprises par le roi de Suède Charles XII, la route de Christian von Tornefeld croise celle de Piège-à-Poules. Le premier est un jeune noble qui a quitté son régiment après avoir souffleté son commandant ; le second est un voleur. Tous deux risquent le gibet. À la suite de leur premier face-à-face avec la « Mort », le brigand s'approprie la vie aristocratique de Christian contraint, lui, à une existence de bagnard. Des années plus tard, le destin les réunit encore en présence de la Mort : le voleur devenu honnête homme retrouve le gentilhomme déshonoré ; ils se reconnaissent et échangent leur vie : Piège-à-Poules est à nouveau cet homme sans nom qu'il était au début du roman tandis que Christian von Tornefeld rejoint Charles XII. Le roman de Leo Perutz (1936) associe ainsi à la double scène de rencontre avec la « Mort » une substitution d'identité, comme « Le Voleur et le Marchand », voir *infra*.

des poèmes de Rimbaud. Toutes ces allusions à des œuvres fictives ou réelles érigent l'art en toile de fond des nouvelles et instaurent une sorte de dialogue ou de hiérarchie des arts entre eux au sein des textes.

Le récit « Les Confidents » met en scène l'infériorité de la représentation picturale par rapport à la réalité architecturale de l'édifice, telle que la rêve l'héroïne. En effet, le songe de l'édifice procure à Beata une vive émotion que les tableaux échouent à ressusciter. Le récit est tout entier régi par une esthétique baroque qui invite le lecteur, dans le sillage de Beata, à s'abandonner aux faux-semblants et aux trompe-l'œil des songes, et, à défaut, de l'art. Cette nouvelle offre à Philippe Claudel l'occasion d'un voyage dans le temps et dans l'art : à la manière de Théophile Gautier qui, dans ses *Contes fantastiques*, d'inspiration hoffmannienne, ressuscite le kitsch de la Régence et du style rococo [1], l'auteur édifie une sorte de fantaisie vénitienne, mi-gothique mi-baroque, où les fastes italiens d'un palais Farnèse se mêlent aux vapeurs d'encens des nefs chrétiennes.

« Paliure », qui donne à voir l'agonie solitaire et silencieuse de Beshevich en tête à tête avec le Christ en couronne d'épines du tableau d'Antonello de Messine, confronte deux univers artistiques très différents, mais complémentaires. La peinture de la Renaissance italienne semble châtier le personnage principal pour son aveuglement artistique. Amateur exclusif de mots rares et indifférent à la peinture, l'employé borné ne voit pas que le sens du mot qui l'obsède – « paliure » – est littéralement figuré sous ses yeux par la couronne d'épines que porte le Christ. À son insu, et selon le principe d'une ironie tragique des plus cruelles puisqu'elle le mène au trépas, l'auteur fait dialoguer représentation picturale et lexicologie, signifié et signifiant. En faisant de Beshevich la victime d'une conjuration du verbe et de la peinture, des mots et des choses, la nouvelle tout entière semble avertir des dangers de la manie de la collection, laquelle dissocie

1. Dans « La Cafetière » ou dans « Omphale », Théophile Gautier (1811-1872), écrivain parnassien, détaille avec complaisance des œuvres d'art datant de la Régence, de style rococo caractérisé par une abondance d'ornements et de dorures. Dans les deux nouvelles, il est question d'œuvres picturales ou de tapisseries qui, en s'animant, redoublent la dimension fantastique du texte (voir dossier, p. 109).

les objets de leur fonction, coupe les mots de leur sens, et éloigne le collectionneur du monde qui l'entoure.

Par la variété historique des univers qu'elles évoquent et par le dialogue qu'elles instaurent entre les différents arts, *Les Petites Mécaniques* s'inscrivent incontestablement sous le signe de la fantaisie. Dans le sillage des écrivains esthètes qui, depuis Hoffmann et Gautier, ont fait de la nouvelle le champ d'expérimentation de l'imagination, Philippe Claudel suit les méandres capricieux et les arabesques de son inspiration. Mais ces nouvelles ne présentent-elles pas également une dimension proprement fantastique ?

Le fantastique des nouvelles

Philippe Claudel dit lui-même de ses nouvelles qu'elles sont « teintées de fantastique[1] ». Mais le fantastique est une notion fluctuante. Selon les critiques, il reçoit des définitions différentes qu'il convient de rappeler ici pour mieux appréhender la spécificité des récits.

Employé dans la langue courante au Moyen Âge avec le sens d'« imaginaire, fou, possédé », puis au XVIIe siècle avec celui d'« extravagant, fantasque », et devenu, au début du XIXe siècle, l'équivalent de « chimérique, irréel », le mot « fantastique » ne désigne que tardivement une catégorie littéraire. Les *Contes fantastiques* d'Hoffmann (voir *supra*) et les *Histoires extraordinaires* (1840) d'Edgar Poe sont considérés comme les œuvres pionnières du genre. À leur suite, la nouvelle fantastique conquiert de nombreux écrivains, tels Nodier, Balzac, Sand, Nerval, Villiers de L'Isle-Adam ou Maupassant. Cet engouement qui associe immanquablement narration brève et registre fantastique donne naissance à une multitude de textes d'inspirations très diverses. Les dictionnaires intègrent alors la

1. Philippe Claudel, dans sa présentation des nouvelles pour les éditions du Mercure de France (2003).

forme substantivée du mot, mais n'en donnent qu'une définition peu précise et assez large. Ainsi, dans le *Littré*, rédigé entre 1859 et 1872, l'appellation recouvre des genres narratifs variés. Sont qualifiés de « fantastiques » aussi bien les contes de fées, caractérisés par un cadre spatio-temporel irréel où le surnaturel semble normal, que les contes de revenants, où l'irruption du surnaturel est vécue comme un traumatisme par des personnages censés évoluer dans un univers rationnel, et les récits à la manière d'Hoffmann, où le phénomène surnaturel, susceptible d'être lié à une illusion sensorielle ou à un dérèglement psychique du sujet, est mis en doute par les personnages et le lecteur.

Au XXe siècle, des critiques ont tenté de préciser la définition du mot, excluant de son champ le merveilleux pur des contes de fées. En 1951, Pierre-Georges Castex, dans *Le Conte fantastique en France de Nodier à Maupassant*, caractérise le fantastique par « l'intrusion brutale du mystère dans la vie réelle [1] », et précise qu'il est « lié généralement aux états morbides de la conscience ». Cette définition insiste sur la dimension subjective du phénomène fantastique. En 1966, Roger Caillois, dans sa célèbre *Anthologie de la littérature fantastique*, affirme lui aussi que « le fantastique [...] manifeste un scandale, une déchirure, une irruption insolite, presque insupportable dans le monde réel [2] », mais considère la réalité objective du phénomène fantastique en proposant une liste thématique de ses incarnations : revenants, objets inanimés qui prennent vie, morts vivants, etc. Deux types de fantastique sont alors esquissés : celui qui consiste en une perception subjective, intériorisée, et celui qui, au contraire, s'extériorise en une manifestation matérielle. En 1970, Tzvetan Todorov, dans sa fameuse *Introduction à la littérature fantastique*, fait de l'hésitation du lecteur, qui ne sait s'il faut adhérer à une explication rationnelle ou bien accepter l'existence à part entière du surnaturel dans l'univers représenté, le critère essentiel du fantastique. Il concède que le fantastique ne dure que le temps de cette hésitation. Dès que le

---

1. Pierre-Georges Castex, *Le Conte fantastique en France de Nodier à Maupassant*, José Corti, 1951.

2. Roger Caillois, *Anthologie de la littérature fantastique*, Gallimard, 1966.

lecteur opte pour une explication rationnelle (illusion des sens, ou folie du personnage), le fantastique se résout nécessairement en *étrange* et, inversement, dès que l'événement est avéré et incontestable, c'est le *merveilleux* qui l'emporte en introduisant l'irrationnel dans le réel :

> Ainsi se trouve-t-on amené au cœur du fantastique. Dans un monde qui est bien le nôtre, celui que nous connaissons, sans diables, sylphides, ni vampires, se produit un événement qui ne peut s'expliquer par les lois de ce même monde familier. Celui qui perçoit l'événement doit opter pour l'une des deux solutions possibles : ou bien il s'agit d'une illusion des sens, d'un produit de l'imagination et les lois du monde restent alors ce qu'elles sont ; ou bien l'événement a véritablement lieu, il est partie intégrante de la réalité, mais alors cette réalité est régie par des lois inconnues de nous. Ou bien le diable est une illusion, un être imaginaire ; ou bien il existe réellement, tout comme les autres êtres vivants : avec cette réserve qu'on le rencontre rarement.
>
> Le fantastique occupe le temps de cette incertitude ; dès qu'on choisit l'une ou l'autre réponse, on quitte le fantastique pour entrer dans un genre voisin, l'étrange ou le merveilleux. Le fantastique, c'est l'hésitation éprouvée par un être qui ne connaît que les lois naturelles, face à un événement en apparence surnaturel [1].

Au regard de ces définitions, comment se caractérise le fantastique des nouvelles de ce recueil ?

Dans « Les Confidents », dans « L'Autre » comme dans « Paliure », l'univers représenté est bien l'univers rationnel du lecteur. Dans les trois textes, celui-ci hésite sur l'explication à donner au phénomène étrange raconté : la mort inexpliquée de Beata Désidério dans le premier récit, celle de Beshevich dans le troisième, et l'identité finale d'Eugène Frolon et de Rimbaud dans le deuxième. Beata Désidério s'est-elle donné la mort dans une crise somnambulique et onirique, ou bien a-t-elle été prise en otage par ses mystérieux confidents ? Le rêve a-t-il corrompu la réalité – hypothèse véritablement fantastique – ou la comtesse a-t-elle été la proie

1. Tzvetan Todorov, *Introduction à la littérature fantastique*, Seuil, 1970, rééd. coll. « Points », p. 29.

d'une fascination macabre qui l'a menée au suicide – solution rationnelle ? La narration, en ne permettant pas au lecteur de trancher, maintient l'indécision : en effet, si certains objets de la scène funèbre semblent empruntés à l'épisode onirique de la cathédrale détruite, rien ne permet d'affirmer qu'ils ont effectivement migré du rêve dans la réalité. La dague retrouvée dans la main de Beata morte, le sourire qui s'affiche sur les lèvres de la jeune femme et qui rappelle celui du saint de pierre ne sont peut-être que des duplications des éléments du rêve.

La même alternative se pose au lecteur à la fin de la nouvelle « L'Autre » : Eugène Frolon, devenu Rimbaud pour les médecins, au gré des transformations qui ont francisé son surnom « Reïmbo » lors de son retour en France et des multiples intermédiaires qui l'ont pris en charge, a-t-il usurpé l'identité du poète, lors de son décès à l'hôpital ? Cette première hypothèse, qui préserve la logique rationnelle, remet en cause nos connaissances biographiques sur Rimbaud : elle suggère en effet qu'un autre est mort à la place de Rimbaud à l'hôpital marseillais de la Conception, à la faveur d'une confusion d'identité facilement explicable par l'âge, le physique similaire, et la proximité patronymique des deux individus. Faut-il plutôt envisager que ce commerçant pragmatique a vécu dans la deuxième moitié de sa vie une destinée parallèle à celle de Rimbaud ? Cette seconde lecture peut recevoir une caution rationnelle si l'on fait de cette gémellité de destin le fruit d'une série de coïncidences, étranges et néanmoins plausibles. Elle s'inspire d'une mystique des âmes sœurs et des vies parallèles qui suppute, pour chacun d'entre nous, l'existence d'un individu, sorte d'*alter ego* inconnu, dont la trajectoire de vie est identique à la nôtre. Ultime interprétation, le lecteur doit-il entendre à la fin de cette nouvelle que Frolon est littéralement *devenu* Rimbaud, par un transfert fantastique d'identité qui a transformé le marchand en poète, et vice versa ? Le face-à-face des deux hommes, à peine esquissé dans le récit, constituerait le phénomène irrationnel d'échange de personnalité. L'ellipse du récit autour de cet événement étrange et la symétrie inversée des destinées de Rimbaud, poète devenu marchand, et d'Eugène Frolon, marchand devenu poète, tendent à confirmer cette lecture fantastique de la nouvelle qui prend au pied de la lettre la formule rimbaldienne « je est un autre ».

Dans la typologie établie par Todorov, les deux nouvelles « Les Confidents » et « L'Autre » semblent donc appartenir au « fantastique pur ».

Le caractère étrange de la nouvelle « Paliure » tient à son atmosphère kafkaïenne, à l'obsession du personnage et à la scène de sa mort, qui coïncide avec la contemplation d'un tableau représentant le Christ agonisant. Transposition de la passion du Christ dans un univers kafkaïen, ce texte semble tendre vers le mysticisme plus que vers le surnaturel. Cependant, le récit ménage une fin ambiguë qui préserve l'hésitation entre interprétation rationnelle et lecture surnaturelle. L'employé a-t-il succombé à une attaque cérébrale sur son lieu de travail ou les œuvres d'art se sont-elles acharnées sur lui par l'intermédiaire d'un Christ vengeur, pour le punir de sa fruste indifférence à leur égard ? Le balancier de Todorov oscille sans que l'un ou l'autre des deux plateaux interprétatifs se fixe définitivement. Les épines de la couronne du Crucifié narguent celui que hante la recherche obsessionnelle du mot « paliure », mais faut-il y voir une simple coïncidence tragique ou bien une intention maligne de la peinture christique ? Selon sa sensibilité, le lecteur pourra aussi juger l'explication rationnelle plus forte dans cette nouvelle que dans « Les Confidents » ou dans « L'Autre » et considérer que le récit, dans la typologie établie par Todorov, relève de la catégorie de l'étrange.

Enfin, dans « Le Voleur et le Marchand », l'apparition de la Mort sous les traits d'un marchand jovial et prospère peut prétendre constituer un événement singulier et mystérieux qui vient rompre le cours d'un quotidien banal, une insertion du surnaturel dans un cadre rationnel qui est celui du lecteur. Mais, loin de déclencher le bouleversement mental du héros, cette rencontre avec la Mort est vécue avec une relative sérénité par le personnage de Colin le Bihot. Le choc ressenti est provoqué par un effroi métaphysique – la peur de la mort – mais nullement par une rupture dans l'ordre de la normalité. Le surnaturel du récit, combiné à la thématique du repentir et de l'expiation des fautes commises, rattache celui-ci au registre du merveilleux chrétien. Plus encore que pour les trois autres nouvelles du recueil, la dimension vertigineuse du récit tient à la rigueur de sa composition – à la boucle parfaite qu'accomplit la narration sur elle-même (voir *infra*).

En effet, les rouages qui composent chacun des récits sont très soigneusement agencés et ménagent une impression de vertige chez le lecteur : ils préparent l'impact de la chute finale, en rompant avec la linéarité traditionnelle du texte narratif et en jouant sur la contamination des différents niveaux de fiction. À cet égard, le titre *Les Petites Mécaniques* remplit une double fonction : référence pascalienne, il dote les nouvelles d'une ambition métaphysique, et désignation du mode de fabrication du texte, il attire l'attention du lecteur sur la construction minutieuse du récit...

Des rouages parfaitement réglés

La nouvelle ou le conte offrent des possibilités de composition dramatique et narrative qu'Edgar Allan Poe (1809-1849) le premier – relayé par Charles Baudelaire (1821-1867) – a mises en évidence. Dans une étude sur *Twice Told Tales*, de Nathaniel Hawthorne (1804-1864), l'auteur des *Histoires extraordinaires* souligne le fascinant ascendant que la nouvelle est susceptible d'exercer sur l'esprit du lecteur, lequel, pendant le temps intégral et continu de la lecture, « demeure sous la coupe de l'écrivain ». Pour intensifier cet effet spectaculaire du texte bref sur la sensibilité de son lecteur, le maître de l'horreur préconise d'exploiter au maximum « l'unité d'impression » ou « la totalité d'effet ». Il s'agit, grâce à un rigoureux système de composition, de disséminer dans tout le texte d'imperceptibles indices qui tous convergent vers la résolution finale de l'intrigue. Grâce à un canevas prémédité, le nouvelliste conditionne l'esprit de son lecteur à recevoir l'impact de la chute finale et décuple ainsi l'effet escompté. Dans chacune des *Petites Mécaniques*, il est possible de déceler cet agencement maniaque des signes qui garantit l'effet de totalité cher à Edgar Allan Poe. Détails anodins apparemment, qui servent l'ancrage réaliste du récit, les signes avant-coureurs sont semés le long du texte et mènent insidieusement à l'éblouissement final. Dans « L'Autre », après la révélation qu'a constitué pour lui la découverte des œuvres de Rimbaud, Eugène Frolon apprend que le poète est âgé de trente-deux ans, comme lui. Simple coïncidence ? Au contraire, une telle similitude apparaîtra, au fur et à mesure du récit, comme le présage décisif de la confusion finale des deux personnages. Dès le début de la nouvelle, la présentation du protagoniste sous les traits d'« un des citoyens les plus respectés de la sous-préfecture de C » (p. 41) met le lecteur sur les traces de Rimbaud, né à Charleville. De nombreuses analogies se tissent ainsi entre la trame fictionnelle et la biographie du poète : certaines sont explicites, comme l'âge du protagoniste, d'autres réclament, pour être décelées, une connaissance très pointue de la vie de Rimbaud. Ainsi, la traversée vers Tunis, où Frolon se fait dépouiller par un fripon déguisé en curé, fait peut-être écho à l'escapade viennoise de Rimbaud, en 1876, au cours de laquelle ce dernier fut dévalisé par un cocher de fiacre[1]. Ces signes avant-coureurs qui, dans la nouvelle, se déguisent sous les oripeaux du récit réaliste, orientent de manière presque inconsciente l'esprit du lecteur vers le point de convergence final entre le marchand et le poète.

De la même façon, dans « Les Confidents », l'émotion qui étreint la comtesse Beata Désidério après son rêve annonce l'obsession tragique qui va la mener à la mort. Le titre même de la nouvelle semble fonctionner comme l'indice d'une inavouable complicité entre les deux courtisans du rêve et la comtesse, complicité dont l'objet sera révélé seulement *in extremis*.

Enfin, dans « Paliure », une atmosphère de complot imprécis et de sourde culpabilité auréole l'employé de musée dès l'*incipit* de la nouvelle. Beshevich craint les réprimandes de son chef et vit dans une inquiétude permanente depuis son arrestation arbitraire par deux commissaires d'État et sa garde à vue d'une journée dans une pièce borgne pour d'obscurs

---

1. Voir dossier, p. 106.

motifs. On ne saurait mieux disposer le lecteur à la chute finale de la nouvelle qui fait du personnage la victime expiatoire d'un châtiment occulte.

Ce procédé qui aiguille le lecteur vers la surprise de la chute lui interdit de lire une deuxième fois le texte avec le même plaisir, car alors il n'est plus dupe. Outre un fantastique lié à la manifestation surnaturelle à proprement parler, à l'hésitation entre deux explications possibles ou tout simplement au traumatisme mental d'un personnage, les nouvelles de Philippe Claudel illustrent donc ce fantastique de la composition qui naît officiellement avec Edgar Poe (mais dont on trouve déjà la liberté formelle dans les contes hoffmanniens) et qui lie indissolublement l'essence du fantastique à la forme du texte bref.

L'habileté narrative de Philippe Claudel tient aussi à la remise en cause de la linéarité traditionnelle du récit pour renforcer le malaise du lecteur. Il en est ainsi dans « Le Voleur et le Marchand ». Démonstration narrative d'une conception cyclique de l'existence qui évoque l'éternel retour nietzschéen [1], cette nouvelle rappelle les vertiges des constructions borgésiennes [2]. En effet, la scène finale est la réplique exactement inversée de la rencontre allégorique qui constitue l'axe du récit. Alors que, lors de leur première entrevue, la Mort se présente à Colin le Bihot sous les traits d'un bonhomme patelin, dans leur face-à-face final, c'est Colin qui est devenu un patriarche ventripotent tandis que la Mort a revêtu l'apparence du jeune homme émacié qu'il était à vingt ans. Les deux entités n'ont pas seulement échangé leur apparence physique, elles ont troqué également

1. Nietzsche, philosophe allemand (1844-1872), a élaboré une conception cyclique de la temporalité appelée « éternel retour ». Cette conception entend libérer l'homme de la malédiction du passé, de cet attachement morbide qui entrave son action et qui empêche l'épanouissement de la volonté de puissance.

2. À travers des jeux de miroir, de labyrinthes, de réalité trompeuse et d'identité falsifiée, Jorge Luis Borges tente de suggérer dans ses nouvelles la vertigineuse nature de l'infini. Extraits de son recueil *Fictions* (1944), « La Bibliothèque de Babel », « Le Jardin aux sentiers qui bifurquent » ou « Le Livre de sable » sont des récits qui inventent des structures narratives capables de figurer l'abyssale profondeur de la connaissance humaine et la vanité de l'homme en tant que sujet de cette connaissance.

leur statut social et leur qualité morale : la Mort, commerçant débonnaire lors de la première rencontre, est devenue bandit de grand chemin lors de la seconde et Colin, fripon invétéré, s'est transformé en honorable père de famille et en vigneron prospère. Le personnage semble être devenu sa propre mort et se rend placidement au rendez-vous avec lui-même que le destin lui assigne. Le renversement de la situation est encore accentué par la pérennité des lieux : le même chêne séculaire préside au face-à-face de l'homme et de son destin, seule la saison a changé, apportant à la scène une nuance symbolique. Devant ce tour de passe-passe narratif, le lecteur hésite sur le statut de ce qu'il a lu : l'intervalle entre les deux rencontres avec la Mort n'est-il qu'une digression secondaire ?

Philippe Claudel s'inscrit donc dans la lignée de ces écrivains qui ont à cœur d'utiliser les potentialités formelles de la nouvelle et ses qualités de concentration pour tenter des expérimentations narratives étourdissantes – au premier rang desquels on trouve Julio Cortázar (1914-1984). Dans la nouvelle intitulée « Continuité des parcs » extraite du recueil *Fin d'un jeu* (1956), Julio Cortázar imagine que son personnage, confortablement installé dans un fauteuil et immergé dans la lecture de son roman, est menacé de meurtre par les protagonistes de la fiction romanesque qu'il lit [1]. Par paliers successifs, l'illusion de la fiction tend à rejoindre le réel, glisse de la fiction insérée dans le récit à celle qui constitue le cadre narratif, suscitant chez le lecteur un authentique frisson métaphysique. À la manière de cet écrivain argentin, Philippe Claudel inscrit dans ses textes des éléments (un tableau, un rêve) qui dépassent les limites de leur propre réalité pour contaminer l'univers fictif. Cette transgression de l'étanchéité des niveaux de fiction est appelée « métalepse ». Dans « Les Confidents », l'une des explications possibles de la mort de la comtesse réside dans cette conjonction du rêve nocturne et de la conscience éveillée : Beata Désidério se tue en poignardant en rêve une statue dont elle prend l'expression. De même, dans « Paliure », le tableau représentant le Christ sur la croix semble intervenir directement dans l'histoire de Beshevich et influer sur sa mort.

---

1. Voir dossier, p. 119.

Déjouant la linéarité traditionnelle de la littérature, ou son unidimensionalité fictionnelle, les nouvelles de ce recueil associent étroitement l'angoisse que vise à provoquer le registre fantastique – angoisse qui culmine dans une chute habilement préparée – à la forme littéraire dans laquelle ce registre s'inscrit. Et, dans cet art de la composition, Philippe Claudel se révèle un créateur hors pair...

Les Confidents
et autres nouvelles

■ Monsu Desiderio, *Le roi de Juda Asa détruit les idoles* (XVIIe siècle).

Plus que la scène biblique de l'Ancien Testament ici transposée dans le Grand Siècle (la réaffirmation de la foi en Yahvé par le roi de Juda Asa détruisant les idoles édifiées par ses pères), il faut retenir la dimension fantastique d'un décor architectural grandiose en cours d'éboulement, caractéristique des œuvres de Monsu Desiderio. Ce sont en effet ces peintures que convoque la nouvelle « Les Confidents », à travers le rêve de l'héroïne et à travers le nom « Beata Désidério ». Notons que la signature « Monsu Desiderio » est tout aussi énigmatique que les toiles qu'elle authentifie : derrière elle se cachent en réalité Didier Barrat (ou Barat) et François de Nome (ou Nomé), deux artistes lorrains venus travailler à Naples dans la première moitié du XVIIe siècle – deux peintres pourtant bien distincts. Au premier, on doit surtout des vues panoramiques de villes et au second, à qui il convient d'attribuer ce tableau, des architectures menacées par un chaos apocalyptique.

Nous sommes de bien petites mécaniques
égarées par les infinis.
PASCAL[1]

Les Confidents

Une nuit, la comtesse Beata Désidério fit un rêve qu'elle ne parvint jamais à expliquer.

Ce songe la mena sur une route d'un pays du Sud, qui aurait pu être l'Espagne, mais en plus petit, ou bien encore l'Italie, mais en moins sale. À la sortie d'une ville déserte, vers le milieu d'un jour d'été, Beata suivait deux hommes à la mise[2] recherchée, ducs ou marquis de cour échappés d'une fête galante dont ils portaient encore une partie du déguisement : un loup[3] de velours noir. Les deux hommes marchaient vers une église qui dressait ses marbres et ses pinacles[4] dans le plus haut des ciels qu'il fût possible d'imaginer. Derrière eux, quatre chevaux à petit trot tiraient un carrosse fourbu[5], couvert de poussière d'un curieux ton vert-de-gris[6], et

---

1. Nous reprenons ici la citation de Pascal placée en exergue dans le recueil des *Petites Mécaniques*.

2. *Mise* : tenue, habillement.

3. *Loup* : masque couvrant une partie du visage.

4. *Pinacles* : ornements architecturaux gothiques situés en hauteur et servant de couronnement à un contrefort.

5. *Fourbu* : fatigué.

6. *Vert-de-gris* : verdâtre, comme le dépôt du même nom qui se forme sur le cuivre ou certains de ses alliages.

dans lequel on devinait par instants le bras très blanc d'une femme qui s'éventait.

Arrivés sur le parvis [1], les deux hommes regardèrent, en se penchant démesurément en arrière, les deux tours de l'église, puis ils entrèrent dans l'édifice comme de vrais seigneurs sûrs de leurs lois et de l'autorité que confère la naissance. En les voyant, le curé et le bedeau [2] s'esquivèrent à pas rapides vers la porte de la sacristie [3], où ils disparurent la peur aux tripes, comme s'ils avaient reconnu en ces hommes les figures symboliques d'une maladie ou d'un fléau.

Sitôt dans le lieu, les deux complices se mirent à attaquer un pilier qui résonna de la musique des coups portés. Un des mécréants [4] maniait une masse sortie d'on ne sait où, et son rire ainsi que des bribes de chansons montaient jusqu'aux voûtes comme pour les faire éclater. Le second larron s'éloigna un peu pour s'affairer avec sa courte dague [5] sur la statue d'un saint qu'il avait descendue de sa niche [6]. Il tailla de la pointe de son arme la gorge de pierre, faisant jaillir ainsi mille étincelles qui teintèrent les grands vitraux bleu et mauve de fugaces [7] gerbes de cuivre.

Au bout d'un instant, ils s'arrêtèrent. L'un saisit de dessous son manteau une gourde de vin qu'il tendit à l'autre. On entendit les gorges boire. Autour d'eux, dans la froideur du lieu et le

---

1. *Parvis* : esplanade située devant un édifice.
2. *Bedeau* : employé laïque préposé au service matériel et à l'ordre dans une église.
3. *Sacristie* : annexe d'une église où sont déposés les vases sacrés, les vêtements sacerdotaux, les registres de baptême et de mariage.
4. *Mécréants* : qui ne sont pas croyants, impies.
5. *Dague* : épée courte.
6. *Niche* : enfoncement pratiqué dans une paroi pour abriter un objet décoratif.
7. *Fugaces* : éphémères.

silence revenu, un brouillard de poussière mimait la marche d'infimes univers que des faisceaux de lumière, descendus des hautes fenêtres, rendaient pareils à de la poudre d'or.

Dehors, dans la torpeur blanche de l'après-midi d'été, la femme du carrosse s'éventait toujours. Trois corbeaux s'élancèrent de la flèche et chutèrent jusqu'à la rosace. Sur le parvis, un chat maigre miaulait au ciel.

Dans l'église, les compères avaient repris leur besogne. Le saint que le poignard était parvenu à décapiter gardait sur ses lèvres un sourire de grès [1]. Par moments, le pilier frémissait. Les deux hommes frappaient de nouveau ensemble, et encore, et encore. Et puis soudain, dans un ultime coup, ce fut toute l'église qui rugit et répercuta le choc dans un effroyable écho. Les complices sous leurs loups échangèrent un rire. Et prirent leurs jambes à leur cou.

Tout trembla. Le pilier se replia sur lui-même, d'abord très lentement, puis s'effondra, se déconstruisit dans le glissement d'une géométrie monumentale. Du plafond se libérèrent des blocs énormes. Les piliers, un à un, se morcelèrent en tronçons crénelés [2] qui se brisèrent au sol. L'énormité du vacarme paradoxalement confina au plus grand des silences.

Mais déjà, au-dehors, un invisible cocher avait fait claquer son fouet, et la voiture s'en allait à la diable. Le chat apeuré s'était jeté sous ses roues, et la femme, dans les bras des deux hommes. Les corbeaux tournoyaient dans le ciel au-dessus de la rosace devenue un nuage de cristal.

Un soleil d'une remarquable candeur [3] illuminait le grand fracas de pierres.

---

1. *Grès* : terre glaise mêlée de sable fin dont on fait des poteries.
2. *Crénelés* : ciselés comme des créneaux.
3. *Candeur* : pureté.

Beata Désidério vécut au matin dans l'étrangeté de ce rêve qu'elle ne parvenait pas à comprendre, et tout le jour ainsi, et toute la semaine. Elle y pensa avec tant de constance qu'il lui sembla très vite avoir vécu la scène : les personnages lui devinrent familiers, ainsi que l'édifice dont elle faisait résonner en elle, jusqu'à éprouver un curieux trouble, l'écroulement grandiose.

De grands livres d'architecture furent ouverts, aux milliers de planches qui toutes rivalisaient de minutie et de beauté. Mais dans toutes les églises représentées, aucune ne ressemblait un tant soit peu à celle de son rêve. De même, à la cour, prenait-elle un soin qu'on ne lui connaissait guère jusque-là à dévisager les hommes, nobliaux [1] de province aux bottes encore crottées de la boue de leurs terres, venus mendier quelques faveurs, ou grands du Royaume, empommadés [2] et blanchis par les onguents [3], et qui déambulaient sous les portiques [4] avec la suffisance hautaine de ceux qui ne sont rien, mais qui l'ignorent encore. D'aucuns se méprirent sur ce changement, et crurent qu'il indiquait que la jeune comtesse, enfin sortie de son veuvage et de son affliction [5], donnait ainsi la licence [6] d'être de nouveau courtisée ; quelques audacieux furent vite détrompés ; elle continua à scruter les regards.

Néanmoins, jamais, malgré sa constance et ses efforts, Beata ne put reconnaître les deux visages de son rêve, entr'aperçus sous les loups vénitiens. Elle consulta des astrologues qui, après

---

1. ***Nobliaux*** : nobles de petite noblesse ou de noblesse douteuse.
2. ***Empommadés*** : recouverts de pommade.
3. ***Onguents*** : parfums, baumes ou crèmes.
4. ***Portiques*** : galeries ouvertes soutenues par deux rangées de colonnes ou un mur et une rangée de colonnes.
5. ***Affliction*** : tristesse.
6. ***Licence*** : droit, permission.

l'avoir écoutée, gardèrent un silence prudent. La comtesse ne recueillit d'eux que quelques sentences[1] latines intraduisibles.

Beata Désidério n'osa confier son rêve à son confesseur, un jésuite[2] borné comme un chasse-roue[3], qui voyait le Diable jusque dans les porcs éventrés à l'étal des boucheries. Le temps qui passait accrut son désarroi, ainsi que le vide de son existence qui, déjà bien grand avant la nuit du rêve, lui semblait avoir plus encore progressé jusqu'à ronger et corrompre ce qui d'ordinaire la divertissait parfois de son ennui.

Le rêve en sa mémoire perdait de sa fraîcheur, mais non de sa force, et si la violence du songe demeurait, ainsi que les multiples détails de la scène comme par exemple les gestes des deux hommes, le bras nu de la femme au carrosse poussiéreux, la jeune femme ne parvenait plus que très rarement, et à chaque fois avec une peine accrue et une intensité moindre, à éprouver la trouble émotion née de son rêve, ce vertige fébrile[4] qui nouait et dénouait ses entrailles quand les chocs des coups résonnaient sur le pilier, et que l'église s'anéantissait tout entière.

Afin de pouvoir à loisir éprouver cela, qu'elle n'avait jusqu'alors jamais connu, pas même lors des étreintes fatiguées du vieux comte qui l'avait épousée, Beata Désidério eut l'idée de faire peindre un tableau qui représenterait l'édifice ainsi que la scène exacte où les deux hommes commençaient leur besogne, l'un contre un pilier, l'autre contre la statue du saint.

---

1. ***Sentences*** **:** maximes.
2. ***Jésuite*** **:** membre de la Compagnie de Jésus, ordre fondé en 1534 par Ignace de Loyola.
3. ***Chasse-roue*** **:** au sens propre, borne ou arc métallique fixé à l'angle d'une grille, d'une porte ou d'une construction pour éviter les détériorations que peut leur causer le contact brutal avec des roues de véhicule.
4. ***Fébrile*** **:** faible, qui a rapport à la fièvre.

Très vite elle convoqua des peintres parmi les plus renommés. La plupart l'écoutèrent puis déclarèrent qu'ils peignaient le réel et non le rêve. Elle acheta à prix d'or leur discrétion, craignant que leurs bavardages éventuels n'attirassent la curiosité d'un clergé[1] pointilleux[2]. Trois jurèrent qu'il ne leur faudrait que peu de temps pour exécuter l'œuvre. Beata Désidério les engagea, leur fit le récit exact de son rêve, n'oublia aucune nuance, aucune couleur, aucune frise[3] de pierre, aucune saillie dans le pavement de l'église, et attendit dans la plus grande nervosité de pouvoir contempler le travail des peintres.

Les semaines pendant lesquelles dura l'attente ne la virent plus fréquenter la cour. Elle vivait comme une recluse[4] dans son palais d'été, et même le paysage pourtant somptueux de ses jardins suspendus au-dessus de la mer, qu'elle pouvait tout à loisir embrasser du regard, ne suffit pas à la distraire. Beata Désidério vivait dans une église imaginaire, épiant deux inconnus masqués qui de leurs gestes incohérents avaient remué en elle un goût pour l'abîme[5] et la chute, une étrange séduction pour le massacre gratuit et la révolte condamnée à se heurter au silence des choses.

Les trois peintres rendirent enfin leurs travaux. Beata, au prix d'une mise en scène longuement réfléchie, tenta de retrouver l'émotion du rêve. Des domestiques fermèrent les larges volets de bois d'une bibliothèque dans laquelle on disposa les trois œuvres recouvertes d'un drap noir. Près de chacune d'elles était posé un chandelier. Au signal de la comtesse, qui se tenait

---

1. ***Clergé*** **:** ensemble des ecclésiastiques d'une religion.
2. ***Pointilleux*** **:** sourcilleux.
3. ***Frise*** **:** bordure ornementale d'un mur.
4. ***Recluse*** **:** qui vit enfermée.
5. ***Abîme*** **:** gouffre immense.

sur une bergère[1] face aux chevalets, un domestique tira le drap tandis qu'un autre au même moment enflammait les mèches des bougies.

À trois reprises, pour chacun des tableaux, l'opération fut recommencée. Et à trois reprises, l'espoir de Beata Désidério de ressentir à nouveau le tiraillement des sens provoqué par le rêve culmina avant de s'effondrer.

La comtesse renvoya ses gens. Elle resta longuement devant les trois tableaux : c'était de médiocres copies, remarquablement exécutées, d'un modèle idéal qui n'existait qu'au fond d'elle-même. Elle n'aurait su d'ailleurs dire ce qui manquait à ces œuvres pour épouser son rêve : tout semblait en ordre, et l'édifice, et les gestes des deux hommes masqués. La précision des tableaux forçait l'admiration. Les peintres étaient parvenus à rendre les couleurs, les ombres, la violence des gestes, le ballet de la poussière dans les rais de soleil, la transparence des vitraux… mais Beata Désidério ne ressentait rien d'autre en les regardant que le respect pour un travail bien fait, et si c'eût été des scènes de chasse, des natures mortes chargées de coquillages et de grappes de raisin, elle n'en aurait été ni moins ni plus émue.

Après ce jour, la comtesse sombra dans une mélancolie profonde.

Le palais vécut au rythme de son engourdissement. Ce que les artistes n'avaient pu lui donner, elle le demanda au sommeil : on capitonna[2] de vastes panneaux de liège, amenés à grands frais du royaume du Portugal, les murs et les fenêtres de sa chambre ; plus aucune lumière ne devait entrer, plus aucun bruit. Les domestiques eurent l'ordre de ne se déplacer qu'en glissant leurs

1. ***Bergère*** **:** fauteuil large et profond, garni de coussins.
2. ***Capitonna*** **:** recouvrit.

pas sur des patins [1] de feutre. Beata Désidério se livra à la nuit avec la foi d'une religieuse, espérant retrouver au hasard des songes qui en ces heures la visitaient l'église haute et blanche, la lumière du jour d'été, le carrosse, le bras blanc de la femme sans visage, la besogne des deux hommes aux loups vénitiens.

Refusant peu à peu toutes les nourritures, elle put à son aise, affaiblie, errer dans les états flottants que les sommeils profonds déclinent dans l'esprit des dormeurs. Recluse dans sa nuit perpétuelle, Beata Désidério en vint à ignorer le jour, à ne plus même saisir sa venue, ni sa fin. Une chambrière [2] la baignait dans la plus parfaite obscurité, en l'absence de tout flambeau, et faisait couler sur sa peau une eau teintée d'encre de seiche [3].

Mais de cette palette de noirs qui, avec l'eau du bain, les draps aux teintes du charbon commandés à un soyeux [4] de France, les rares nourritures avalées les yeux bandés, les miroirs ternis avec une suie grasse, l'habit nouveau et funèbre de tous les domestiques, composait comme un emblème à la monotonie de l'existence de la comtesse, rien ne surgit sinon des songes compliqués et douloureux, des sortes de redites déviées du rêve premier, mais qui jamais ne firent revenir dans le ventre et dans l'esprit de la jeune femme ce délicieux mariage de peur et de plaisir qui avait bouleversé son âme en même temps que sa chair.

Dans un des derniers éclairs de lucidité qui vint la visiter, la comtesse décida de s'en faire une raison et de revenir, dès le lendemain, à la vie de lumière, à l'épreuve qu'imposent à tous

---

1. *Patins* : pièces de tissu sur lesquelles on pose les pieds et dont on se sert pour avancer sur un parquet sans le salir.
2. *Chambrière* : femme de chambre.
3. *Seiche* : mollusque aquatique, muni d'une poche qui sécrète une encre brun foncé qu'il peut projeter en cas d'attaque.
4. *Soyeux* : marchand de soie.

les hommes le cours des jours et le visage des vivants. Au profond de son lit, elle résolut de cesser sa quête dans l'herbier[1] des rêves, certaine désormais qu'elle ne parviendrait jamais à ressaisir ce qu'elle cherchait.

Et c'est précisément durant la nuit qui succéda à ce moment que Beata Désidério retrouva ce que si longuement elle avait traqué : son esprit libéré du souci obsédant de la quête ne s'ouvrit au rêve qu'avec plus d'aisance et, soudain, elle voyageait dans un carrosse épuisé, sur une route déserte au milieu d'une campagne brûlée par la chaleur. Son bras passé par la fenêtre ajoutait à la blancheur des lieux la neige de sa peau. Devant les quatre chevaux fatigués qui tiraient la voiture marchaient deux hommes qui de temps à autre se retournaient vers elle et lui souriaient derrière leurs masques de velours noir.

Très vite, le convoi parvint devant l'église du rêve. Un des hommes l'invita à descendre et lui prit galamment la main tandis que l'autre dépliait le marchepied. Puis tous deux lui firent d'un signe du menton admirer la hauteur des deux tours qui perdaient leurs flèches[2] dans un grand ciel très pâle où quelques corbeaux silencieux traçaient leurs lourds cercles. Un chat, qu'elle ne vit pas, miaula dans l'encoignure[3] du porche. Au-dedans, la pénombre de la nef[4] ainsi que sa fraîcheur firent courir sur la peau de la comtesse la morsure d'un frisson. Quand ses yeux se furent accoutumés à l'obscurité des lieux, elle reconnut en un instant le décor du songe, rien ne

1. *Herbier* : au sens propre, ensemble de plantes séchées destinées à l'étude et conservées aplaties entre deux feuillets. Ici, synonyme de « collection ».
2. *Flèches* : parties coniques d'un clocher ou d'une tour.
3. *Encoignure* : angle intérieur formé par la rencontre de deux pans de mur.
4. *Nef* : partie centrale d'une église, située entre le portail et le chœur.

manquait : c'était les mêmes couleurs, les mêmes motifs, les mêmes ombres que ceux saisis naguère. La scène se rejouait devant elle. Mieux encore, cette fois, elle y participait. Le curé et le bedeau disparurent dans la sacristie. Les deux complices s'approchèrent du grand pilier, la menant avec cérémonie jusqu'à son pied crénelé.

Peu à peu, à mesure que se répétait l'ordre du rêve, Beata Désidério sentait revenir en elle cette émotion particulière dont l'incessante recherche l'avait fait renoncer au siècle[1] et au jour. Indistincte, confuse encore, elle n'en grandissait pas moins avec une force que rien désormais, elle s'en persuadait, n'aurait pu entraver[2].

L'un des hommes s'inclina devant elle, puis fit quelques pas vers un confessionnal[3] pour aller y chercher une masse avec laquelle il commença à frapper le pilier. Le premier coup claqua comme un tonnerre et son écho gifla les vitraux, les voûtes, les tuyaux muets des orgues, les grands luminaires de vermeil[4] aux pendeloques[5] de cristal pour aller prolonger sa course en une onde furieuse lancée jusque dans les membres de Beata, dans ses vaisseaux et ses muscles, et son ventre lui parut devenir, au terme atténué de l'écho, le siège d'une grande tempête qui la fit soudainement se pâmer[6]. Et cela recommença, recommença, un deuxième coup, puis un troisième, un quatrième, et tous les suivants, et pour chacun d'eux, le même trajet de l'onde qui menait aux entrailles, et livrait la comtesse à un trouble gran-

---

1. ***Renoncer au siècle*** : renoncer à la vie du monde.
2. ***Entraver*** : retenir, freiner.
3. ***Confessionnal*** : isoloir où le confesseur entend les confessions de celui qui a péché.
4. ***Vermeil*** : argent doré.
5. ***Pendeloques*** : ornements suspendus à un lustre.
6. ***Se pâmer*** : perdre connaissance, s'évanouir.

dissant qui lui faisait oublier jusqu'au nom même de Dieu, sous l'exhortation[1] des deux hommes, dont les regards glissant entre les jours en amande[2] des loups de velours paraissaient de fines lames de poignards.

On but du vin à même la gourde de peau. La comtesse offrit ses lèvres au liquide violet, le visage chaviré, les yeux mi-clos. Les deux hommes lui baisaient les mains et se riaient l'un à l'autre[3]. À ses pieds, sans qu'elle sût comment elle était parvenue là, la statue du saint gisait[4] couchée sur le damier noir et blanc du pavement. Elle eut alors un frémissement d'effroi en voyant le visage du saint et comme si par magie les deux hommes avaient pu lire dans sa pensée avant même que celle-ci ne fût parfaitement formée en son propre esprit, ceux-ci glissèrent dans sa main une courte dague au manche brûlant.

Le saint regardait Beata Désidério de ses beaux yeux de grès, et sa beauté de pierre donna à la jeune femme la conscience de sa propre fragilité de chair, de l'oubli à venir de sa propre beauté, du silence qui envahirait au fil des jours et des années tous les miroirs contemplés qui ne diraient plus le rayonnement du teint, ni la lumière des lèvres.

Le premier coup qu'elle porta à la gorge de la statue ne l'entama qu'à peine. Le métal tira de la pierre des éclaboussures d'or qui rendirent davantage encore la splendeur solennelle du sourire du saint. La comtesse, au coup porté, se sentit comme envahie d'un flot de poix[5], qui la submergeait, tout en semblant s'écouler hors d'elle. Bientôt sa main s'affermit autour du manche de la dague qui lui brûlait la paume. Elle frappait avec une

1. ***Exhortation*** : incitation.
2. ***Jours en amande*** : ouvertures allongées.
3. ***Se riaient l'un à l'autre*** : se souriaient.
4. ***Gisait*** : était étendue, sans mouvement.
5. ***Poix*** : matière visqueuse à base de résine ou de goudron de bois.

rage libérée, n'existant plus que dans le geste qui la faisait décapiter ce qui jamais ne vit ni ne meurt. La gorge du saint s'ouvrait à l'entaille, mais le visage ne perdait pas son sourire. Beata Désidério sentait une douleur liquide couler le long de ses flancs et, dans un curieux mouvement, cette même douleur paraissait la remplir, lui procurer une légèreté spectrale [1] et la mener vraiment à ce sentiment mêlé de peur et de vif plaisir qu'elle avait connu dans le premier rêve.

Au moment où la tête du saint se détacha du corps de la statue et roula sur le sol de l'église, la comtesse chercha du regard les deux complices qu'elle vit très vaguement se précipiter en riant vers le portail tandis que tout autour d'elle l'édifice commençait à se déconstruire dans un épouvantable fracas, et que son ventre battait au rythme merveilleux du chaos de pierre qui tombait des voûtes en paraissant l'enterrer sans la meurtrir.

Puis, le sommeil reprit ses droits, elle sombra dans son néant.

Le jour suivant, le soleil donnait à la mer que l'on voyait du haut des jardins en terrasses des allures d'ardoise. Le palais fermé gardait en ses murs la noirceur d'une nuit continue, ignorante de l'écoulement des heures et du rythme des saisons. Tout dormait encore. La chambrière qui vint pour réveiller la comtesse ne la trouva pas dans le lit aux draps de charbon. Elle en avertit le majordome [2] qui prévint sa troupe de laquais [3]. Tous, glissant dans le silence de leurs patins de feutre, et sans mot dire, visitèrent chaque pièce, et c'était un étrange ballet que de voir ces silhouettes des ténèbres allant muettes et pressées dans la pleine obscurité d'un palais clos, par un jour lumineux d'été.

1. ***Légèreté spectrale*** : légèreté de fantôme.
2. ***Majordome*** : chef des domestiques.
3. ***Laquais*** : valets portant une livrée.

On finit par découvrir la comtesse Beata Désidério dans la bibliothèque où l'on avait laissé sur leurs chevalets les trois tableaux de commande. Étendue sur le sol au pied des peintures, elle tenait encore dans sa main décharnée [1] un court poignard avec lequel elle s'était tailladé la gorge et ouvert le ventre. Son corps, d'une grande splendeur quoique fort amaigri, semblait flotter dans un nuage de sang.

Quant aux traits de son visage, lisses, et à la beauté de son regard ouvert par un très doux sourire, ils faisaient songer à quelque figure de bienheureux que les sculpteurs taillent dans des pierres tendres et roses, et dont ils ornent les niches oubliées d'églises à l'abandon, que l'étouffante chaleur pousse parfois, et comme par mégarde, à visiter, car le promeneur un peu las du cours de son voyage sait y trouver une fraîche quiétude [2] propre à la rêverie et à la méditation.

1. ***Décharnée*** : amaigrie, squelettique.
2. ***Quiétude*** : calme paisible.

■ Arthur Rimbaud (1854-1891) à Harrar.

L'Autre

Eugène Frolon recommanda sa femme et ses trois filles à la Vierge Marie, puis partit sur les routes en direction du sud. Il laissait derrière lui une existence calme, un commerce florissant de cordages en gros, ainsi qu'une réputation sans tache qui avait fait de lui un des citoyens les plus respectés de la sous-préfecture de C.

Des poèmes aux titres étranges avaient eu raison de son confort paisible en précipitant ce grand changement qu'on attribua par la suite à un subit accès de folie.

C'était en mai, quelques mois avant son départ, au cours d'une soirée chez Mme Oiselet, la pesante femme du notaire qui se piquait d'être poétesse, tandis qu'au piano le bâtonnier[1] Chaubert estropiait d'un air profondément inspiré une mélodie de Chopin, que Frolon avait feuilleté avec désinvolture une revue littéraire, *La Vogue*[2], qui publiait sous les auspices de[3] son

---

1. ***Bâtonnier*** **:** chef et représentant de l'ordre des avocats dans chaque circonscription.
2. ***La Vogue*** : revue littéraire que dirigea en 1886 Gustave Kahn (1859-1936), poète symboliste et critique d'art.
3. ***Sous les auspices de*** : sous le patronage de.

directeur, un certain Kahn, quatre poèmes d'un auteur inconnu répondant au nom de Jean-Arthur Rimbaud :

> *Quand le monde sera réduit en un seul bois noir pour nos quatre yeux étonnés, – en une plage pour deux enfants fidèles, – en une maison musicale pour notre claire sympathie, – je vous trouverai*[1].

Ces quelques lignes et d'autres, lues dans un premier temps d'un regard léger, firent sur Frolon l'effet d'un cataclysme[2]. Il eut soudainement l'impression, effroyable et chaleureuse à la fois, que la terre se dérobait sous ses pieds et que sa chute provoquée par quelques mots l'amenait vers les aspects les plus profonds et les plus secrets de son cœur, comme si ce poète qu'il ne connaissait pas en savait davantage sur son âme que sa propre épouse, qu'il chérissait, ou que lui-même.

Un grand trouble s'empara du marchand après cette soirée. Il en devint taciturne[3]. Sa vie lui apparut soudainement, sans qu'il eût pu dire pourquoi, comme une vaste coque vide et creuse qui résonnait d'un bruit bête, et que rien ne parvenait plus à remplir.

Dans ses entrepôts, il lui arriva de passer de longs moments immobile devant les morceaux de cordages. Son goût pour son travail s'émoussait[4].

Il n'osa s'ouvrir de cette mélancolie à personne, certain qu'on lui eût fourni des réponses fabriquées sur le manque de fondements du sentiment qu'il éprouvait, compte tenu de sa réussite bourgeoise et de son bonheur familial.

---

1. Extrait du poème « Phrases » (*Illuminations*, publié en 1886).
2. *Cataclysme* : bouleversement de la surface terrestre.
3. *Taciturne* : qui parle peu.
4. *S'émoussait* : s'atténuait, diminuait.

Frolon s'interrogea aussi longtemps sur le pouvoir des quelques poésies, qu'il relisait presque en cachette, et sur l'influence qu'elles prenaient, abruptement, sur sa vie, lui qui n'avait jamais été grand lecteur.

Par l'entremise d'un ami libraire, il parvint à se procurer les cinq numéros de *La Vogue* parus en cette année 1886.

La vue du petit paquet qui arriva un matin, protégé par un fort papier gris, lui donna des frissons de jeune amoureux. S'enfermant alors dans ses bureaux, il put ainsi lire, dans un silence mystique[1], des phrases insoupçonnables qui lui parlaient de lui et des effrois du monde, et le faisaient un peu plus, à la lecture de chaque poème de cet étrange Rimbaud, approcher un frère absent.

Il eut le désir de confier à cet homme tout ce que ces lectures lui faisaient confusément ressentir mais, ne connaissant ni son adresse, ni la ville où il résidait, Frolon se contenta d'envoyer une lettre au directeur de la revue, qui assez rapidement lui répondit en ces termes :

Très cher Monsieur,

Je suis flatté de l'intérêt que vous prenez à lire notre modeste publication et en particulier les poèmes de Monsieur Rimbaud. Sachez qu'ils font partie d'un recueil que le poète a nommé Illuminations, *et qu'un sien ami m'a confié, il y a quelque temps.*

Quant aux renseignements que vous me demandez sur leur auteur, je serais bien en peine de vous répondre : cet artiste est aussi insaisissable que ses vers. Voici plusieurs années qu'il a quitté la France pour faire fortune dans

1. ***Silence mystique*** : silence qui accompagne le recueillement.

la péninsule arabique, ainsi qu'à Harrar[1]*, aux confins de l'Abyssinie où, si l'on en croit les rares nouvelles qui parviennent à certains de ses proches, il séjournerait encore. On me dit aussi qu'il a absolument cessé d'écrire de la poésie, ce qui en regard de son âge, jeune encore – il a trente-deux ans –, et de son talent est pour le moins singulier.*

En espérant que ces maigres renseignements vous satisferont, et restant votre dévoué… etc.

A. KAHN

La réponse dépita[2] Frolon en même temps qu'elle le confortait dans sa ressemblance avec le poète : tous deux avaient le même âge. Mais c'était là une fin définitive à son projet de correspondance ou de rencontre.

Il pensa que cette lettre mettrait un terme à son agitation mais, comme s'il était victime d'un mal inconnu qui le gouvernait tout entier, dès les jours suivants, et cela pendant des semaines, il s'enferma dans les cartes et les atlas, les horaires des chemins de fer et ceux des compagnies maritimes. Il rêvait d'Arabie et de déserts, mesurait les distances, apprenait le nom des ergs[3], calculait les journées de marche, s'imaginait parfois sous les traits mats d'un méhari[4] altier, s'endormait sur son bureau bercé par le pas noble et cahotant des dromadaires.

---

1. ***Harrar*** (ou ***Harar***) : ville d'Abyssinie, ancien nom de l'Éthiopie.
2. ***Dépita*** **:** déçut.
3. ***Ergs*** **:** régions couvertes de dunes.
4. ***Méhari*** **:** en Afrique du Nord, dromadaire de selle très rapide dressé pour les courses. Employé ici pour méhariste, personne qui utilise le méhari comme monture.

Sa femme n'osait lui faire remarquer que son commerce commençait à souffrir de ses rêveries secrètes. Ses filles l'agaçaient lorsqu'elles voulaient venir sur ses genoux.

Seule le calmait de sa morosité la lecture des poésies de Rimbaud. Il savait par cœur la plupart d'entre elles, et, lorsqu'il se les récitait, l'impression que son corps entier se mouvait d'un sang neuf lui chavirait les sens.

Quand il avait tenté de faire partager à sa femme ses sentiments, en lui lisant l'une d'elles intitulée *Promontoire*, elle avait écouté, sérieuse à l'extrême, debout dans l'embrasure[1] d'une haute fenêtre, puis, partant d'un rire léger, lui avait dit : « En effet, c'est très mignon... », sur le même ton qu'elle eût employé pour parler d'une étoffe, d'un dessin d'enfant, d'un numéro de cirque, d'une gravure de mode ou d'un concert de l'orphéon[2] municipal.

Il en fut atterré.

Et pour la première fois de sa vie la détesta. Si sa propre femme le comprenait si peu, à quoi bon demeurer...

Son projet, jusqu'alors rampant, fut arrêté et la résolution prise sur l'instant : il partirait. Il irait trouver ce Rimbaud.

Pour quoi lui dire ? Il n'en savait au juste trop rien. Mais il pressentait que ce voyage serait peut-être la seule façon, et aussi la dernière, de donner à sa vie un autre dessein[3] que celui d'une éternité creuse emplie seulement de kilomètres de cordages vendus, de soirées à se mourir d'ennui chez la notabilité de C., d'étreintes sages dans l'obscurité d'encre de la chambre conjugale.

---

1. ***Embrasure*** : ouverture.
2. ***Orphéon*** : chorale, fanfare.
3. ***Dessein*** : but.

Quand il avertit sa femme de son projet, elle n'en fut pas surprise mais soulagée. Voir partir son mari à pied pour la lointaine Arabie était selon elle le plus sûr moyen d'assister à son retour deux jours plus tard, le ventre creux, l'habit crotté, épuisé par une vie errante qu'il n'avait jamais connue. Mieux valait, pensait-elle, le laisser crever tout seul sa sotte lubie [1] comme une baudruche [2] que de lui en montrer inutilement tout le ridicule.

Frolon partit un matin de septembre, très tôt. Dans sa tête, comme vociférés [3] par des cohortes d'anges, résonnaient les vers définitifs de *Départ* :

Assez vu. La vision s'est rencontrée à tous les airs.
Assez eu. Rumeurs des villes, le soir, et au soleil, et toujours.
Assez connu. Les arrêts de la vie. – Ô Rumeurs et Visions !
Départ dans l'affection et le bruit neufs !

Il partit donc, mais en silence, tandis que ses filles dormaient encore et après avoir déposé un baiser sur leur front.

Il salua avec de grands gestes de la main sa femme en pleurs qui se tenait sur le perron de sa belle demeure au toit d'ardoise et qui, à mesure des pas, devenait un petit point blanc, un soupçon de créature, et puis plus rien.

Son bagage était léger et tenait dans un sac à dos qui lui donnait une allure tout à la fois militaire et juvénile. Il s'était fait couper pour l'occasion un habit en drap vert, dont le tailleur lui avait personnellement garanti la robustesse. Un bâton de

---

1. *Lubie* : caprice bizarre et subit.
2. *Baudruche* : ici, pour ballon de baudruche, membrane très fine constituée des intestins du bœuf ou du mouton.
3. *Vociférés* : criés.

marche, un chapeau de peintre à larges bords, une paire de souliers de rechange, du linge de corps et les poèmes des *Illuminations* que le directeur de la revue *La Vogue* avait enfin fait paraître en volume constituaient tout son bien désormais, auquel il fallait ajouter un fort pécule[1] qu'il dissimulait dans son maillot.

Eugène Frolon s'imposa la marche à pied comme une épreuve. Il répugna à prendre tout autre moyen de locomotion pour gagner Marseille, distante de C. d'environ huit cents kilomètres.

Son voyage commencé dans une fin d'été superbe s'acheva devant le Vieux-Port un jour gris d'octobre, parmi les relents de goudron et le cri des mouettes, à deux pas d'un marin vomissant sa tripaille[2] et son *schnick*[3].

Assis contre de vieux tonneaux, Frolon regarda la mer hérissée d'une petite houle qui lui donnait par instants des allures nuageuses. Il huma le parfum du sel, des embruns et des poissons qui achevaient de pourrir sur les quais comme s'il s'était agi d'une senteur de paradis.

Voilà sept semaines qu'il était parti de chez lui. Il se sentait déjà un autre homme, comme décrassé, frotté, candide[4] face au monde et aux hommes.

L'ancien marchand habitué à la chair délicate et au linge blanc avait emprunté des routes de traverse, aidé des paysans à pousser des carrioles dans des côtes boueuses, dormi dans des granges emplies de foin mêlé de serpolet[5]. Il avait partagé le pain noir et le vin avec des charbonniers[6] dans des forêts

---

1. ***Pécule*** **:** somme d'argent économisée petit à petit.
2. ***Tripaille*** **:** intestin de l'homme, ventre.
3. ***Schnick*** **:** eau de vie grossière.
4. ***Candide*** **:** pur.
5. ***Serpolet*** **:** thym sauvage.
6. ***Charbonniers*** **:** personnes qui vivaient du commerce du charbon de bois.

profondes toutes pénétrées de mystère. Et souvent, en traversant les provinces de France, il avait senti à ses côtés comme l'ombre d'un frère invisible, et qui semblait lui tenir la main, et plus encore lui ouvrir la voie.

Parfois, certains soirs, accueilli dans l'unique pièce d'une masure [1] et invité à partager la soupe, il avait lu à des faces rougies par les soleils, la bêtise et les vents, quelques poèmes parmi ses préférés, *Aube, Après le déluge, Phrases,* et il lui avait paru, à la faible lueur des flammes de l'âtre, voir les yeux de ses hôtes [2] s'illuminer vraiment à cette lecture, toujours suivie d'un grand silence.

À Marseille, Frolon prit une chambre dans un hôtel pour marins qui donnait sur les quais. Il s'enquit [3] des bateaux en partance pour Tunis, prit un billet de troisième classe à bord du *Charlenaire*, de la compagnie Pipin & Sorensol, qui appareillait le surlendemain.

Les deux journées précédant son départ lui parurent être des siècles. Il les passa à écrire une brève lettre à sa femme dans laquelle il lui disait que tout allait bien et qu'il était heureux, et à compléter son bagage en prévision de son périple africain. C'est ainsi qu'il fit l'acquisition de tout un vain fatras [4] d'objets dont un vendeur souriant et au débit intarissable lui avait démontré l'absolue nécessité pour qui voulait affronter les étendues de l'Afrique.

Enfin, le jour du départ arriva. Il monta à bord, la gorge nouée.

En franchissant le pont de planchettes, il lui parut entrer dans une vaste église dont les vitraux colorés avaient été rempla-

---

1. ***Masure*** : petite habitation misérable.
2. ***Hôtes*** : ici, personnes qui donnent l'hospitalité.
3. ***S'enquit*** : prit connaissance, se renseigna sur.
4. ***Fatras*** : amas hétéroclite, bric-à-brac.

cés par d'innombrables écoutilles[1], et dont les flèches[2] de pierre s'étaient muées en cheminées vernies.

Il régnait à bord une frénésie qui donnait la fièvre. Des hommes se heurtaient, le dos ployé sous des fardeaux impossibles, des ordres étaient criés dans des cornets de cuivre qui les répercutaient comme sous des voûtes prodigieuses. Les officiers en rang sur le pont surveillaient les manœuvres d'embarquement et l'on aurait dit les prêtres inspirés et recueillis d'une religion aux fidèles grouillants.

Tandis que Frolon, un peu abasourdi[3], aménageait sa couche de troisième vint près de lui un bon curé au visage rond, qui portait l'habit des pères blancs.

« Que le Seigneur vous bénisse, mon fils, dit le curé à l'adresse de Frolon.

– Qu'Il vous en rende grâce, mon père », répondit celui-ci.

Le prêtre avait acheté la place voisine de la sienne, et tous deux commencèrent à parler. Le religieux rejoignait sa mission[4] dans le Sud tunisien. Il était venu passer quelques mois en France pour récolter des fonds destinés à la construction d'un puits.

« La quête a été maigre, savez-vous, la générosité se perd, mais enfin la somme que je transporte sera peut-être suffisante... » Le propos était accompagné d'un tel soupir de désolation que Frolon se sentit coupable d'un imaginaire péché, et sortit de son maillot un billet. Il le donna au religieux dont le visage alors s'ouvrit de nouveau sur un lumineux sourire.

---

1. ***Écoutilles*** **:** ouvertures pratiquées sur le pont d'un navire pour donner accès aux cales.
2. ***Flèches*** **:** voir note 2, p. 35.
3. ***Abasourdi*** **:** frappé de stupeur.
4. ***Mission*** **:** établissement d'une communauté religieuse travaillant à l'évangélisation, c'est-à-dire à la conversion au christianisme.

«Et vous mon fils ? Qu'allez-vous faire chez le Bey[1] ? »

Frolon soupçonna le prêtre d'être aussi sensible aux poésies de M. Rimbaud que sa propre épouse et la bonne société de C. Aussi préféra-t-il se laisser aller à un sinueux mensonge que son offrande avait de toute façon par avance racheté : un associé l'attendait à Tunis pour créer un commerce en gros de graines et de denrées non périssables.

Le voyage dura deux jours et deux nuits.

À voir les milles[2] disparaître dans le sillage écumeux du navire, Frolon se prenait à penser que c'en était fini du Vieux Monde[3], et de sa vieille vie à lui. L'eau entraînait avec elle dans la profondeur de la mer le connu de son existence et ses saveurs trop fades. Il songeait que dans les tourbillons de l'hélice, c'était son passé de grisaille et de médiocrité qui se voyait happé, fendu, découpé et anéanti à jamais.

Au contraire, quand il allait sur le bastingage[4] avant du navire perdre son regard dans l'éblouissante clarté de l'horizon, et que des gerbes d'eau âprement salée s'abattaient sur ses joues, et que de grands poissons en bandes rivalisaient de vitesse avec l'étrave[5] en y frottant leur corps et leur brillance, il pensait voir *Les chars d'argent et de cuivre, Les proues d'acier et d'argent*[6] ouvrir des jours vierges, des jours où cha-

---

1. ***Bey*** **:** titre porté par les souverains vassaux du sultan ou par des hauts fonctionnaires de l'Empire ottoman (turc).
2. **Le *mille*** marin est une unité de mesure de distance équivalant à 1 852 mètres.
3. ***Vieux Monde*** : l'Europe, par opposition au Nouveau Monde, l'Amérique.
4. ***Bastingage*** **:** caissons à hamacs disposés autour du pont et qui servaient de défense contre le feu de l'ennemi.
5. ***Étrave*** **:** extrémité avant d'un navire.
6. **Deux** premiers vers du poème «Marine» (*Illuminations*).

que heure, essentielle, serait nimbée[1] d'une immarcescible[2] grâce.

Le père blanc, en habitué des traversées maritimes, fut utile à Frolon par cent conseils pratiques concernant la vie sur un bateau, et lui parlait du désert à lui en tuer les oreilles. Mais l'ancien marchand aurait pu entendre toutes les niaiseries à ce propos sans protester. Quand il demandait au prêtre s'il connaissait Harrar et Aden[3], celui-ci secouait la tête, surpris :

« C'est très loin, savez-vous, très loin… nous n'avons pas de missions là-bas. »

Frolon n'insistait pas, mais ce « très loin » amenait dans son esprit des rêves aux tons de miel, confus et sublimes, qui le laissaient à demi chose.

L'arrivée du *Charlenaire* était prévue vers quatre heures du matin au port de Tunis. La veille au soir de ce jour, au moment de s'endormir, le prêtre rassura Frolon :

« Allez, ne vous en faites pas, dormez sur vos deux oreilles, je vous réveillerai quand il sera temps. »

Frolon s'installa, ramena la couverture jusqu'à son menton et s'endormit la tête posée sur sa veste qu'il avait roulée et dans laquelle le volume des *Illuminations* formait comme un cœur dur.

Le soleil était déjà haut dans le ciel quand il ouvrit les yeux. Le bateau était étrangement calme. Tout le monde avait débarqué. Frolon se réveilla tout à fait et s'aperçut que son bagage n'était plus à ses côtés, pas plus d'ailleurs que son compagnon de voyage. « Il aura dû aller sur le pont m'attendre. » Mais le pont

---

1. ***Nimbée*** **:** auréolée.

2. ***Immarcescible*** **:** qui ne peut se flétrir.

3. ***Aden*** **:** capitale du Yémen du Sud, située non loin de l'entrée de la mer Rouge.

était aussi désert que la cabine, et Frolon peu à peu commença à ressentir un surprenant sentiment d'abandon et de dépit.

Il resta debout, en pleine lumière, de très longues minutes, son volume des *Illuminations* à la main. Encore ensommeillé, abasourdi par la chaleur naissante et le désappointement. Il venait de comprendre que le faux prêtre lui avait volé son bagage, que son pécule n'était plus dans son maillot, et que désormais le livre de poèmes était son seul bien.

Il faisait très chaud. Le ciel tournoyait. On percevait au loin et de manière très confuse, comme brouillée par un filtre, la rumeur d'une grande ville et des senteurs inconnues de pauvreté et d'épices. Frolon n'avait pas bougé quand une main s'abattit sur son épaule.

« Débarquez voyons, débarquez, qu'attendez-vous ? » Un homme en uniforme, le second du navire, lui adressait la parole ; il ne l'avait pas entendu venir. Frolon parvint après quelques minutes à lui raconter sa mésaventure. L'autre écouta d'un air un peu amusé.

« Ainsi, il était sur notre bateau, le bougre, il est connu dans tous les ports, on le surnomme *Caméléon*, à chaque fois, un autre déguisement, et hop ! Oh… mais rassurez-vous, vous n'êtes pas le premier à vous faire avoir, ni le dernier d'ailleurs ! Pensez donc, un prêtre, on lui donnerait le bon Dieu sans confession, sans vous offenser… Je ne voulais pas en rire, mon pauvre monsieur… Bien, il ne vous reste plus qu'à aller voir le commissaire, c'est à la capitainerie[1] du port, je vous accompagne ! »

Frolon se laissa mener comme un enfant par l'officier jusqu'au bureau de la police portuaire.

1. *Capitainerie* : bureau du capitaine d'un port.

Là, un petit homme sec et cireux [1] dont les lèvres s'ornaient d'une moustache lissée de salive sacrifiait déjà malgré l'heure matinale à la cérémonie de l'absinthe [2] avec le sérieux d'un officiant [3]. Il contemplait le sucre se déliter [4] sous la chute du filet d'eau qu'il versait, tout en s'épongeant le front avec un grossier mouchoir à carreaux. C'était le commissaire.

Le verre à la main, le regard altéré par un voile rouge, il écouta le récit de Frolon. « Bien, bien, bien... », ne cessait-il de répéter après chaque phrase. Quand tout fut dit, le commissaire tint à le rassurer : « Nous l'aurons, je vous le garantis, vous avez ma parole, nous l'aurons, cela prendra trois jours, trois mois, ou trois ans, peut-être davantage, mais nous l'aurons, je vous en fais le serment ! » Il se leva pour se préparer une nouvelle absinthe. Il en offrit une à Frolon, qui refusa.

« Remarquez, ce n'est pas que j'aime plus que cela, mais pour moi, comprenez-vous, c'est médical ! J'en bois sur ordre de la Faculté [5]. On m'assure ainsi que mes palpitations cardiaques s'en trouveront calmées. Ah le cœur, le cœur, vous voyez, cher monsieur, nous avons tous notre croix à porter !

« Bon, bien, bien, bien... si je résume, il ne vous reste rien d'autre que ce que vous avez sur le dos et puis ce... ce livre-là... un recueil de poèmes dites-vous, ah la poésie... la poésie... moi aussi, savez-vous, j'aime la poésie, j'en connais certaines sur le bout des doigts, le plus grand, voyez-vous, cher monsieur, le plus grand poète de notre siècle, ce n'est pas Hugo quoi qu'en disent certains, ce n'est pas Lamartine, ni même Musset, non, le plus

---

1. *Cireux* : au teint de cire, jaunâtre.

2. *Absinthe* : liqueur extraite d'une plante à la saveur amère et aromatique, et à l'odeur forte.

3. *Officiant* : prêtre qui célèbre l'office.

4. *Déliter* : fragmenter.

5. *Sur ordre de la Faculté* : sur ordre du médecin.

grand, c'est Gustave Nadaud[1] ! Quel talent, voilà un vrai génie ! Il a surpassé Béranger[2] ! »

Le commissaire se leva avec précipitation, renversa à demi son verre d'absinthe sur son faux col crasseux, perdit son regard à la façon d'un comédien du Français[3] dans un vieux calendrier accroché au mur, inspira une grande bouffée d'air, toussota, cracha dans un cendrier, leva la main droite vers le plafond, ferma les yeux, et déclama d'une voix ténébreuse :

« Quand les mouettes sont dans les airs
Elles poussent des cris, cri-cri, cri-cri.
Tandis que dans l'eau de la mer
Les gros poissons font glou-glou, glou-glou !

« Épastrouillant[4], n'est-ce pas ? Ça c'est de la poésie vraie, cher monsieur, je vous en fiche mon billet ! »

Frolon, abasourdi, regardait le petit corps du commissaire qui tremblait sous l'effet de la chaleur, de l'alcool et du quatrain de Nadaud. Sa bêtise assurée parvenait presque à faire oublier à l'ancien marchand la mésaventure dont il venait d'être victime. Le commissaire, qui s'était rassis entre-temps, reprit :

« Bien, bien, bien… nous allons donc dresser procès-verbal… mais avant toute chose, il serait bon que j'alerte au plus vite les vôtres afin qu'ils vous viennent en aide. Dites-moi donc qui je dois prévenir ? »

Frolon sentit un curieux élan, une sorte de lame le fendre en son entier, lui parcourir le corps, et il s'entendit répon-

---

1. ***Gustave Nadaud*** : musicien et chansonnier français qui publia diverses chansons sous forme de recueils (1820-1893).
2. ***Pierre Jean de Béranger*** : poète et chansonnier français, qui s'illustra notamment dans la chanson patriotique (1780-1857).
3. ***Comédien du Français*** : comédien du théâtre parisien dit « Le Français » (Comédie-Française).
4. ***Épastrouillant*** : épatant (argot)

dre, comme si un autre parlait pour lui sans qu'il pût le faire taire :

« Il n'y a personne… plus de famille… tous morts… je n'ai personne… »

Le commissaire devint songeur :

« Embêtant… embêtant… personne, personne, bien, bien, bien… embêtant cela !

– Non, plus personne », reprit lentement Frolon qui, tout en prononçant ces mots, voyait le visage de sa femme et celui de chacune de ses filles lentement disparaître, mangés qu'ils étaient par la surface terne d'une eau de marais. « Plus personne… », et les visages effacés par l'eau noire, désormais sans regards, sans paupières et sans yeux, sans cheveux et sans peau, sans lèvres, les visages qui n'en étaient plus, qui n'étaient plus rien que des contours, des membranes délitées, s'engloutissaient dans la vase de l'étang, dans le marais de l'ancienne vie de Frolon pour y sombrer à jamais.

Le commissaire griffonna sur un papier quelques mots, se servit une autre absinthe qu'il but cul sec, tendit la feuille à Frolon : « Tenez, cela vous aidera dans un premier temps. Et puis ici, le travail ne manque pas, allez, ne vous en faites pas ! *Quand les ennuis tombent sur l'homme / Lui reste toujours une pomme…*, toujours Nadaud, mais vous aviez reconnu, naturellement ! »

La lettre le recommandait à l'asile des pauvres, où le second du navire lui assura qu'il pourrait passer quelques nuits. Il l'y accompagna, mais le quitta à la porte en lui serrant la main comme le font les Anglais.

L'ancien marchand passa deux nuits dans ce lieu tout de blancheur : à ses côtés, des infirmes et des malades aux ventres démesurés gémissaient sur des paillasses. La lecture charitable de quelques vers ne s'avéra d'aucun effet sur leur douleur.

Pour la première fois de sa vie, Frolon se retrouvait au milieu des nécessiteux, de la plus pâle misère du monde qui a toujours, quelle que soit sa latitude, une odeur aigre de lait caillé et d'excréments.

Étendu sur un lit de chanvre parmi les plaies ouvertes sous un grand et beau ciel perpétuellement bleu, ses yeux ne rencontraient que des balafres [1] noircies par un ballet de mouches qui les pompaient ainsi que des corolles [2] gorgées de suc. Et devant cette misère, devant la souffrance palpable au bout de ses mains, devant ses regards dessillés [3], Frolon sentait qu'il liquidait son *Solde* [4], comme son Rimbaud l'avait écrit, en cela encore pour lui prophétique [5] et grand, et que le vol dont il venait d'être la victime n'était qu'une étape de plus sur le chemin de ses retrouvailles avec l'être profond et primitif qui s'éveillait en lui, que ce dépouillement dépassait les milliers de francs perdus puisqu'il lui ferait atteindre enfin la pureté précieuse dont son ancienne existence l'avait tant éloigné :

> *À vendre les Corps sans prix, hors de toute race, de tout monde, de tout sexe, de toute descendance ! Les richesses jaillissant à chaque démarche ! Solde de diamants sans contrôle !*

Le troisième matin, il quitta l'asile pour aller au gré des rues, léger. L'éternelle chaleur trempait les murs de torchis [6] de coulées

---

1. ***Balafres*** : longues cicatrices au visage.
2. ***Corolles*** : parties constituées par les pétales des fleurs.
3. ***Dessillés*** : dont on a ouvert les paupières, à qui l'on a fait voir les choses sous leur vrai jour.
4. ***Solde*** : rémunération, salaire. Titre d'un poème de Rimbaud (*Illuminations*) dont est extrait le passage qui suit.
5. ***Prophétique*** : prémonitoire.
6. ***Torchis*** : matériau de revêtement constitué d'un mélange d'argile et de paille.

de lumière. Des enfants nus couraient en criant après de maigres chèvres. La ville sentait l'orange, la poussière, les feuilles de menthe, la viande douce à peine tuée, l'alcali[1] et le benjoin[2], la coriandre[3], la sueur, le poivre et le goudron, les corps graissés de suif[4] et de henné[5], le sel de la mer, le jasmin, le musc[6], et la merde de chien.

De gros Européens mouillaient des vestons de coutil[7] aux terrasses ombragées des cafés de l'avenue de France, en s'épongeant le front dans de grands nuages de coton blanc. À leurs pieds, de jeunes Arabes agenouillés ciraient leurs chaussures en riant. Ils avaient des dents de loup, des dents de roi.

Frolon erra ainsi tout le jour, hagard[8], ivre des senteurs nouvelles et de la musique de cette langue inconnue, qui lui semblait rauque[9] et ensorcelante à la manière d'un instrument tribal. Il se perdit dans la ville comme dans une ivresse profonde où l'on ne sait plus trop qui l'on est, où l'on va, ni qui l'on croise.

Puis ce fut la première nuit à même le sol, contre un mur chaud peint d'ocre et de marine. Quand il ferma les yeux, il se dit qu'il était le plus heureux des hommes.

---

1. ***Alcali*** : sels d'ammoniac, de potasse ou de soude.
2. ***Benjoin*** : substance aromatique et résineuse sécrétée par le tronc d'un arbre appelé « styrax ».
3. ***Coriandre*** : aromate méditerranéen.
4. ***Suif*** : graisse animale.
5. ***Henné*** : plante dont l'écorce et les feuilles séchées ou pulvérisées fournissent une poudre colorante jaune ou rouge.
6. ***Musc*** : substance brune très odorante, de la même consistance que le miel.
7. ***Coutil*** : toile croisée ou serrée en fil ou coton.
8. ***Hagard*** : effaré.
9. ***Rauque*** : dont les sonorités sont rudes et âpres, parfois voilées.

Le lendemain commença pour Frolon une existence qui dura plus de trois longues années. Il devint, malgré lui, une figure de Tunis.

Pour survivre, il connut tous les petits métiers du peuple des démunis : il vendit à l'unité des cigarettes qu'un Libanais empestant le haschisch lui fournissait à crédit, fut écrivain public, crieur de journaux, ouvreur de portes, homme-cheval à tirer en courant de frêles calèches où prenaient place de très jeunes filles habillées de lin grège [1], mendiant, livreur, infirme de circonstance…

Mais chaque soir venu, suivi par une nuée d'enfants sales qui lui jetaient en riant de petits cailloux et l'appelaient « Reïmbo, Reïmbo », il visitait toutes les terrasses des grands cafés illuminés des boulevards de la ville des Blancs, et devant les buveurs qui ricanaient ou tentaient de le faire chasser, il récitait pour son plus grand bonheur quelques poèmes des *Illuminations*.

Souvent, des cris ou des crachats récompensaient sa peine, plus rarement de faibles pièces.

Un soir qu'il déclamait *H*, devant le café Delatour, il provoqua l'évanouissement de la femme d'un diplomate belge et adipeux [2] qui ne supporta pas d'entendre chanter *la mécanique érotique* sous l'*hydrogène clarteux* [3]. On appela la maréchaussée [4].

Frolon passa six jours et six nuits en prison. On lui confisqua le recueil dont les pages tant feuilletées s'ornaient désormais de

1. ***Grège*** : de couleur beige gris.
2. ***Adipeux*** : gras.
3. « La mécanique érotique » et « hydrogène clarteux » sont des citations du poème « H » (*Illuminations*).
4. ***Maréchaussée*** : corps de cavaliers chargé des fonctions de la gendarmerie actuelle.

caractères très pâles. La perte fut mince car l'ancien marchand connaissait depuis longtemps tous les textes par cœur.

Sa nouvelle vie l'avait fait devenir une sorte d'échalas[1] barbu, au front tanné de soleil et dont les os saillaient sous une veste informe devenue bien trop grande.

Il mangeait peu, quêtait de rares légumes cuits dans les arrière-cours de gargotes[2], un morceau de mouton qu'il disputait parfois aux chiens.

Pourtant, jamais il ne s'était senti aussi libre, et comme l'ascète[3] que l'extrême faiblesse provoquée par le jeûne parvient paradoxalement à repaître[4], le dénuement de Frolon se muait à ses yeux en la seule richesse qui comptât.

Il ne pensa plus jamais à sa femme ou à ses filles, et jamais il n'abandonna son projet. Il s'en ouvrait à tous, et tous le prenaient pour un fou. Chaque semaine, il se rendait dans l'ancien caravansérail[5] où de rares nomades berbères ou *mouris* s'équipaient encore avant de partir dans les grands déserts du Sud. Les hommes, à force de le voir rôder autour d'eux, avaient fini par le connaître. Eux aussi l'appelèrent Reïmbo. Frolon les suppliait souvent de l'emmener. Et toujours il ramassait quelques coups de pied, des rires, un claquement de fouet. Mais toujours il revenait.

---

1. ***Échalas*** : au sens figuré, personne grande et maigre.
2. ***Gargotes*** : restaurants bon marché où la cuisine et le service manquent de soin.
3. ***Ascète*** : personne qui s'impose, par piété, des exercices de pénitence, des privations, des mortifications.
4. ***Repaître*** : rassasier.
5. ***Caravansérail*** : vaste cour entourée de bâtiments où les caravanes faisaient halte.

Enfin, ce qu'il attendait tant finit par arriver un jour d'octobre 1889 : le directeur de l'asile auprès duquel il avait trouvé refuge pour ses premières nuits, et qui l'hébergeait de temps à autre par bonté d'âme, l'avait recommandé à trois missionnaires allemands qui partaient catéchiser en Égypte et dans l'ancien royaume de la reine de Saba [1].

Les trois frères, gras et gros, aux joues tendues de sang, le trouvèrent bien famélique, mais l'affaire fut vite conclue d'autant qu'en échange de son travail, qui consisterait à s'occuper des ânes, du seul cheval, à préparer les camps, cuisiner, et servir d'interprète grâce aux rudiments d'arabe qu'il avait acquis, Frolon ne recevrait pour salaire que la nourriture et la promesse du Paradis.

Il quitta Tunis comme jadis sa femme et ses filles, sans même se retourner, sans regret, ni amertume, en ne pensant à rien d'autre qu'à cette rencontre avec le poète fuyant, à propos de laquelle il n'avait jamais un seul moment douté.

Mais au fond de lui-même, il sentait bien que celle-ci avait déjà eu lieu, et qu'à force de lire les textes de M. Rimbaud, celui qui les avait écrits avait perdu de son essence fantomatique pour devenir un ami sans visage, un confident limpide ou mieux encore une part de lui-même, une sorte de supplément d'âme et de conscience qui habitait son propre cerveau.

Les trois Allemands suaient sur les ânes et sentaient fort mauvais. Le cheval avait l'échine [2] ployée par le chargement de vivres et de Bibles, et Frolon, un sourire perpétuellement sur ses lèvres, les yeux toujours bien au-devant vers l'horizon, songeait

---

1. ***Saba*** : royaume de l'Antiquité, situé au sud-ouest de l'Arabie (Yémen).

2. ***Échine*** : colonne vertébrale.

à *des pièces d'or jaune semées sur l'agate, des piliers d'acajou supportant un dôme d'émeraudes*[1].

La fatigue ne semblait pas l'atteindre. Il mangeait peu et son corps déjà maigre acheva en quelques mois de prendre l'apparence d'un vieux cuir brun doué de paroles.

Tant bien que mal, les missionnaires essayaient de vendre Jésus-Christ dans les villages ou sous les tentes de nomades, devant un parterre d'hommes souvent hilares qui finissaient par relever leurs burnous[2] pour leur montrer leurs derrières ou leurs sexes dressés.

Plus d'une fois, ils durent lever le camp avec précipitation. Un jour, entrés par mégarde dans une école coranique[3] pour y annoncer la bonne nouvelle[4], ils furent arrêtés et reçurent trente coups de bâton : ils durent ce châtiment modeste à l'intervention de Frolon qui parlementa longtemps avec l'imam[5].

L'ancien marchand continuait lui aussi à répandre, quand il le pouvait, sa parole poétique : Frolon avait réussi à traduire certains textes des *Illuminations* en arabe vulgaire, et il les récitait le soir, quand les Allemands épuisés s'étaient endormis en ronflant sous les tentes, et que des hommes surgis de la nuit d'autres tentes, ou des ruelles sombres des villages, le rejoignaient pour profiter du feu.

Souvent, ceux-ci l'écoutaient avec une attention respectueuse. Aucun ne lui montra jamais son derrière ni son sexe.

---

1. Extrait du poème « Fleurs » (*Illuminations*).
2. ***Burnous*** : grand manteau de laine, à capuchon et sans manches, en usage dans les pays du Maghreb.
3. ***École coranique*** : école qui enseigne la foi musulmane, à travers le livre sacré du Coran.
4. ***Annoncer la bonne nouvelle*** : évangéliser.
5. ***Imam*** : chef de prière dans une mosquée.

Une fois, alors qu'il venait de dire sous les étoiles claires la dernière strophe d'*Angoisse*, un vieillard hautain au visage d'aigle et de cendres lui prit la main, y versa du sable, s'inclina devant lui et dit : « *Waourb el' slawoui d'jamfar guebe*[1]. »

Puis le vieillard disparut lentement dans la nuit.

Le surnom de Reïmbo continua à le suivre ; parfois même il le précédait.

L'étrange caravane se coula ainsi durant six semaines, entre jets de pierres, insultes et veillées sous les astres, le long du désert libyque[2].

À l'approche du Caire, les frères allemands, épuisés, las et affamés, troquèrent à un grainetier[3] levantin[4] ce qui restait des lots de Bibles contre vingt kilos de pois secs, dix de riz blanc, et quinze livres de pain bis[5].

Dès le lendemain, dans ce faubourg grouillant, le Livre des Rois[6], l'Apocalypse[7], et des milliers de pages du Pentateuque[8] accueillirent, pliés en cônes, des portions de blé frit et de mouton grillé. L'huile suppurant[9] des nourritures donnait aux versets entortillés de curieuses luisances. Toute cette littérature souillée finit dans la crasse des trottoirs et l'ordure des fossés.

À ce moment du voyage, le bilan de conversion s'avérait mince. Frolon surprit les trois frères un soir dans une grande

1. « Tu habites au profond de la souffrance des hommes », en arabe [N.d.A.].
2. ***Libyque*** : de Libye.
3. ***Grainetier*** : personne qui vend des graines pour la consommation.
4. ***Levantin*** : des pays situés sur les côtes orientales de la Méditerranée.
5. ***Pain bis*** : pain gris à cause du son qu'il contient.
6. ***Livre des Rois*** : livre de l'Ancien Testament.
7. ***Apocalypse*** : dernier livre du Nouveau Testament.
8. ***Pentateuque*** : ensemble des cinq premiers livres de l'Ancien Testament.
9. ***Suppurant*** : coulant.

discussion. Il comprit que ceux-ci remettaient en question la poursuite de leur mission. L'un agitait son chapelet et sa croix, un autre montrait ses pieds saignants et ses fesses talées [1], tandis que le dernier, distrait, lançait des petits cailloux dans sa chaussure crevée qui gisait à trois pas.

Tous semblèrent s'accorder assez vite. Le plus gras d'entre eux, qui parlait quelques mots de français, s'adressa alors à Frolon :

« Reïmbo, pas de Dieu ici, foutu pays, foutus Arabes… trop chaleur, trop poussière, nous rentrer dans abbaye Bavière, voyage fini… Nous, vendons cheval, si vous vouloir âne, nous donner à vous… »

Le lendemain, tandis qu'une brume bleue se levait sur la ville et que le chant des muezzins [2] et le son des églises cairotes [3] se mêlaient dans une trouble pavane [4], Frolon accompagna les trois frères jusqu'à la porte de la légation [5] de l'Empire où ceux-ci comptaient trouver un soutien et leur billet de retour.

Puis, il partit.

Toujours plus au sud.

Toujours disant les soirs le long du grand fleuve qui roulait son eau sous de sombres éclats de lune les *Illuminations*.

Toujours se nourrissant du peu des mots, et de fèves [6] bouillies, d'un bol de *harira* [7] qu'on lui tendait souvent en signe d'hospitalité.

---

1. ***Talées*** : meurtries.
2. ***Muezzins*** : crieurs d'une mosquée qui appellent les fidèles à la prière du haut du minaret.
3. ***Églises cairotes*** : églises coptes du Caire.
4. ***Pavane*** : ancienne danse en vogue aux XVIe et XVIIe siècles.
5. ***Légation*** : mission diplomatique qu'un État entretient dans un pays où il n'a pas d'ambassade.
6. ***Fèves*** : graines semblables à un gros haricot plat, légèrement amères.
7. ***Harira*** : soupe du Maghreb à base de lentilles et de pois chiches.

Chaque jour, il marchait de l'aube au crépuscule du soir aux côtés de son âne qu'il n'osait monter de peur de le blesser, les yeux sur la fuite de l'horizon. Des enfants lui tenaient la main, ou dansaient autour de lui en chantant son nom de Reïmbo. On ne lui jetait plus de pierres. On paraissait attendre sa venue dans les villages. Le soleil martelait son crâne.

Frolon perdit le sens du temps, des heures, des jours. Parfois, il lui semblait être parti de Tunis quelques semaines plus tôt, d'autres fois cela lui paraissait remonter à plusieurs années.

Frolon perdit le sens de lui-même et du monde, de la faim, de la soif, de la fatigue, des hommes, de Dieu, du silence et du mal, de son passé et de sa propre existence : il gagna des allures de prophète, un regard fixe comme le sont ceux des aveugles.

Dans ses sommeils songeurs, chaque nuit, l'ancien marchand errait dans un pays où des lettres majuscules formaient des falaises abruptes, et des mots taillés dans un schiste [1] vert des remparts sur lesquels il glissait ses mains dans un voluptueux mouvement de caresse.

Il marcha de plus en plus dans son rêve.
Oublia la géographie.
Oublia jusqu'à son nom de l'ancienne vie.
Se déclara Reïmbo, résolument.

À la suite d'un périple de plus d'une année qui lui avait fait traverser trois déserts, remonter un fleuve de légende et d'histoire, trébucher sur des étendues caillouteuses balayées par un vent siffleur, il parvint ivre de fièvre, affaibli, rongé par un feu qui partout lui faisait admirer *des prés de flamme* ainsi que *des herbages d'acier et d'émeraude* aux portes de la ville de Harrar.

1. ***Schiste*** : roche à la structure feuilletée (sous l'influence de contraintes tectoniques).

Il y entra étendu sur son âne, une forte douleur ayant fait enfler son genou gauche qui ressemblait à ces gros nœuds que parfois les arbres filent dans leur branchage.

À demi conscient, il crut entendre une foule énorme frapper dans ses mains et l'entourer. L'âne s'arrêta sur une place ocre, puis attendit comme s'il avait compris que c'était là le terme du voyage.

Quand un *gouri* s'approcha de l'ancien marchand, celui-ci les yeux clos récitait dans de grands tremblements de lèvres des phrases de *Génie* [1] :

> *Son corps ! Le dégagement rêvé, le brisement de la grâce croisée de violence nouvelle !*
>
> *Sa vue, sa vue ! tous les agenouillages anciens et les peines* relevés *à sa suite.*
>
> *Son jour ! L'abolition de toutes souffrances sonores et mouvantes dans la musique plus intense.*

Le *gouri* ne comprit rien mais s'avisa qu'il s'agissait de la même langue que celle que les Blancs de la maison du négociant César Tian parlaient. Il tira l'âne jusqu'à ce comptoir de commerce.

Dans une pièce fraîche au sol pavé de carreaux de faïence, on coucha le maigre corps qui récitait toujours. Quelques femmes indigènes [2] lui baignèrent le front, et le firent boire. Sa vue distinguait à peine la forme de leurs visages. Il ressentait une immense paix. Il s'endormit.

On lui parla. Il ouvrit les yeux. Deux hommes se penchaient au-dessus de lui. Il devinait leurs barbes et leurs fronts dans une sorte de buée très lumineuse. On lui demandait son nom.

---

1. ***Génie*** : titre d'un poème de Rimbaud (*Illuminations*).
2. ***Indigènes*** : qui sont nées dans le pays dont il est question.

« Reïmbo… Reïmbo », parvint-il à articuler dans le souffle brûlant de son haleine.

Alors il entendit l'un des deux hommes dire à son compagnon : « Curieux, n'est-ce pas mon cher ami, c'est presque le vôtre. » Et l'autre homme soudain se pencha un peu plus sur lui. Alors il vit son visage qui ressemblait au sien comme celui d'un frère. Il essaya de le toucher, tendit les bras vers lui. Mais ce fut un tourbillon noir.

Et puis plus rien.

Quand il reprit conscience, c'était la nuit. Il lui sembla que la couche sur laquelle il gisait s'affolait de toutes parts et tentait de le renverser. Il cria.

Un homme vêtu d'un uniforme de la marine marchande vint à ses côtés, lui ouvrit les paupières, prit son pouls, murmura d'une voix douce :

« Calmez-vous, calmez-vous voyons… »

« Où suis-je ? » demanda-t-il. L'homme lui expliqua qu'il se trouvait depuis deux semaines sur l'*Ocea nox* qui reliait Aden à Marseille, que le bateau atteindrait dans sept jours. Il ajouta que c'était la première fois qu'il reprenait conscience depuis leur départ. Deux négociants français l'avaient amené de Harrar jusqu'à Aden où ils l'avaient confié à un de leurs amis commerçants du nom de Bardey. C'est lui qui l'avait placé sur le bateau.

Il perdit à nouveau conscience.

Parfois, les jours suivants, il se réveillait des lents cauchemars dans lesquels invariablement il lui semblait habiter un *pavillon en viande saignante sur la soie des mers et des fleurs arctiques* [1],

---

1. Extrait du poème « Barbare » (*Illuminations*).

que venait visiter un homme maigre comme lui, barbu comme lui, et qui se penchait sur lui à le toucher. Il ouvrait les yeux, ne voyait personne. Sa jambe gauche lui paraissait habitée par un animal rongeur.

On le débarqua à Marseille sur une civière le 20 mai 1891.

Aux écoutilles de la cabine succédèrent les murs tièdes et lisses de l'hôpital de la Conception [1]. Il entendait des chants d'oiseaux et des rires de femmes. Par moments, le parfum des mimosas emplissait la grande salle commune et donnait aux râles [2] des mourants une poésie poivrée.

Les médecins procédèrent à l'amputation de sa jambe gauche le 27 mai. Il faisait ce jour-là un temps à embrasser toute la terre.

Il passa de longues semaines à regarder le plafond de la salle. Il y voyait des dunes inconstantes. Son âne sommeillait au bas de son lit. Un visage, toujours le même visage se penchait sur le sien. On jouait dans son dos des concerts soutenus par *un chœur de verre et de mélodies nocturnes* [3]. Il se parlait dans son silence. Cela dura.

Le temps désormais n'était plus pour lui qu'un très vieil instrument.

Le matin du 10 novembre de la même année, son corps s'agita violemment et ses traits se tirèrent. Lui qui n'avait jamais prononcé une seule parole depuis des mois commença à psalmodier très vite une longue liste de mots incohérents… *«Après*

---

1. ***Hôpital de la Conception*** : institution médicale de Marseille où Rimbaud s'est fait amputer de la jambe avant de mourir d'un cancer généralisé quelques mois plus tard (voir dossier, p. 108).
2. ***Râles*** : bruits rauques de respiration d'un mourant.
3. Extrait du poème «Barbare» (*Illuminations*).

le déluge, Enfance, Conte, Parade, Antique, Being beauteous, Ô la face cendrée, Vies, Départ, Royauté, À une raison, Matinée d'ivresse, Phrases[1]... » Le médecin appelé d'urgence parvint à le calmer en lui administrant de la morphine[2].

Alors il finit par se taire, et fixa pendant un long moment l'hygiéniste[3] resté à son chevet; puis, d'une voix très douce qu'il ne reconnut pas pour être la sienne, il lui dit :

« Mais l'autre, l'autre... qui me regarde toutes les nuits, et qui se penche sur moi... et qui me ressemble tant... où est-il maintenant ?

– L'autre, quel autre ?

– L'autre... celui que j'ai tant cherché... Rimbaud... »

Le médecin le regarda très surpris, puis finit par dire sur le ton de l'évidence que l'ineptie[4] heurte :

« Mais... Rimbaud, c'est vous !! »

À ces mots, soudain, il se fit dans la conscience du mourant un grand éclair qui gomma par sa lumière toutes les parties sensibles du monde, et l'ancien marchand parvenu au bout de son chemin rejoignit enfin dans la nuit l'ombre qu'il poursuivait.

---

1. Titres de poèmes de Rimbaud (*Illuminations*).
2. ***Morphine*** : substance dérivée de l'opium, douée de propriétés soporifiques et calmantes.
3. ***Hygiéniste*** : médecin.
4. ***Ineptie*** : sottise, bêtise.

Paliure

Igor Beshevich pressait le pas. Son service au musée commençait à six heures et l'encombrement des rues du quartier Mlanecsz l'avait déjà bien trop retardé.

La foule lambinait comme un gros serpent le long des boutiques d'écriture et de bougies, et chacun essayait tant bien que mal d'éviter les mares que la neige fondante avait formées dans le ruisseau [1]. Les femmes surtout étaient les plus lentes, à force de relever leurs jupons pour ne pas les crotter, posant une bottine, puis l'autre, avec la délicatesse de très jeunes danseuses.

Beshevich peinait à reprendre son souffle et à glisser son gros corps entre le courant humain qui venait à son encontre. « Foutu *paliure…* », ruminait-il.

Plusieurs fois, il heurta des formes dures et qui grognèrent, engoncées dans d'épais manteaux, sous des toques de velours ou d'astrakan [2], des aumusses [3] bouffantes.

Tous ces gens n'avaient déjà presque plus de visages car le soir d'hiver s'emparait de la ville et de ses rues en y versant une ombre

---

1. ***Ruisseau*** : eau qui coule le long des trottoirs ou au milieu de la chaussée d'une rue, pour se jeter dans les égouts.

2. ***Astrakan*** : fourrure à poils bouclés d'agneau d'Asie centrale.

3. ***Aumusses*** : fourrures que l'on porte sur les bras.

violette que ne parvenaient pas à déchirer les faibles loupiotes[1] des vendeurs de *pavitska*, posées à même le sol fangeux[2].

À mesure que le ciel s'obscurcissait et qu'il sentait l'heure avancer, Beshevich se livrait plus encore à la merci de la petite angoisse qui l'accompagnait depuis qu'il avait fermé la porte de son appartement, crainte ridicule née d'un énervement sans importance.

«En retard, monsieur Beshevich… en retard…», s'était amusée la concierge quand il avait passé la loge, ce qui avait eu pour effet de le faire rougir et de l'essouffler plus encore.

«Serviteur, madame Schlomo…», avait-il répondu en levant son chapeau. «Vieille bique malpropre et sans mamelle», avait-il songé au-dedans de lui-même, honteux d'être aimable avec cette créature malgré le dégoût qu'elle lui inspirait.

Il devait à la précédente concierge une journée entière au commissariat d'État pendant laquelle deux hommes qui sentaient fort l'oignon et le mouton frit l'avaient surveillé dans une petite pièce borgne[3], sans jamais rien lui dire, sans répondre à ses questions, sans en poser aucune d'ailleurs, et ne se parlant pas même entre eux.

Puis, à sa grande surprise, il avait été libéré, et le commissaire, en le raccompagnant jusqu'à la porte, avait eu ces mots de sibylle[4] : « Soyez aimable, monsieur Beshevich, soyez aimable… même avec les pauvres femmes… » Ce à quoi il avait acquiescé, gêné, la bouche séchée par la peur, sans rien comprendre et sans oser interroger le commissaire, trop heureux de pouvoir quitter le lieu froid et les deux gardiens muets.

---

1. ***Loupiotes*** : petites lampes.
2. ***Fangeux*** : boueux.
3. ***Borgne*** : sans fenêtre.
4. ***Sibylle*** : dans l'Antiquité, devineresse qui prédisait l'avenir.

Il s'était toujours dit qu'il devait cette convocation à la concierge, avec qui il avait eu trois jours plus tôt quelques mots à propos d'une sordide affaire de cabinets communs mal nettoyés.

Aussi, quand celle-ci cassa sa pipe, un soir de l'automne précédent, quelques heures après qu'on l'avait retrouvée tombée dans la cave à charbon le front fendu contre l'angle d'une marche, Beshevich avait-il ouvert une bouteille d'eau-de-vie de noyau pour célébrer l'événement.

Hélas, la loge ne resta vide qu'une petite semaine, et Mme Schlomo arriva avec une lettre de recommandation du commissaire qu'elle afficha sur la porte pendant un mois.

Beshevich avait desserré le nœud de sa cravate, le faux col en carton lui entaillait la poche rose de dindon qui lui pendait sous le menton, ses poumons faisaient le bruit d'une chute d'eau moussue, la sueur à grosses gouttes glissait de son front jusque dans ses yeux, une charrette faillit le renverser, l'éclaboussa jusqu'aux genoux. La foule ne s'amoindrissait pas. La corne d'un tramway beugla dans ses oreilles. «*Paliure, paliure…*» se répétait-il très doucement, agacé.

Il ne regardait plus les autres qu'il croisait mais essayait maintenant de courir, malgré son poids et son âge. Il lui semblait qu'il n'y avait rien d'autre devant lui qu'une large aiguille de plomb qui avançait, avançait, en faisant un bruit crissant sur un cadran de craie. Et Beshevich confondait le cadran de l'horloge avec le visage sec et jaune de M. Klapeck, le gardien-chef du musée, raide et froid, qui devait l'attendre sur les marches du musée, son gousset[1] d'argent à la main, et il entendait déjà dans sa tête une voix moqueuse, la sienne sans doute mais enflée de sarcasmes[2], qui martelait : «*Paliure, paliure, paliure…*»

---

1. ***Gousset*** : ici, montre qui se range dans une petite poche de gilet ou de pantalon appelée «gousset».
2. ***Sarcasmes*** : moqueries, quolibets.

Car c'était bien à cause de ce fichu mot qu'il était ainsi en retard ! Impossible de retrouver ce qu'il signifiait… un comble ! Lui qui gardait tout… il l'avait pourtant bien trouvé quelque part ce *paliure*, mais où ?

Malgré ses cinquante-sept dictionnaires et index lexicologiques, et tous les petits carnets crasseux couverts d'écritures qu'il rangeait dans la seule armoire de son meublé de célibataire, avec mille précautions, comme l'on fait pour un trésor, Beshevich n'avait pu retrouver *paliure*.

Cela l'avait énervé au point qu'il avait perdu le sens de l'heure, n'avait pas dîné, et, quand le jour s'était affaissé d'un coup, il s'était soudainement rendu compte du temps qu'il avait passé à chercher sans succès la trace du mot dans ses notes, ses dictionnaires et sa capricieuse mémoire. Affolé, il était sorti en trombe de l'appartement.

Beshevich avait la passion – c'était bien la seule de sa vie – des mots rares, des mots délaissés, tordus, un peu grotesques ou qu'on abandonne dans l'oubli des langages parce qu'on leur préfère des roulures [1] plus neuves ou plus clinquantes, des scies [2] à la mode, des passe-partout sans relief.

Tous ces cocus vieillots fleurant le remugle [3], la littérature de greffe [4] et l'acte notarié [5], gloires de terriers, trouvaient refuge dans la vie de Beshevich, dans le fatras de son appartement et celui de sa conversation la plupart du temps compréhensible à lui seul.

---

1. ***Roulures*** : au sens propre, terme injurieux désignant les prostituées. Utilisé pour désigner les mots nouveaux, le substantif traduit le mépris de Beshevich à l'égard de ceux-là.
2. ***Scies*** : formules, rengaines.
3. ***Remugle*** : odeur désagréable de moisi et de renfermé.
4. ***Greffe*** : bureau où l'on garde tous les actes de jugement ou de procédure.
5. ***Acte notarié*** : document établi devant notaire.

Souvent, faute de pouvoir les partager avec autrui, il les faisait sonner à haute voix, les soirs, après les avoir mentalement triés, classés, associés par catégories de sens, d'accent mélodique, de longueur vocalique[1], d'ancienneté, de généalogie étymologique[2], entre les quatre murs de sa chambre de gros et vieux garçon.

Il passait ses quelques jours de loisirs dans les bibliothèques de la ville, à moissonner les moribonds[3] dans les *in-quarto*[4] à tranches décaties[5], les opuscules[6] rancis de mémorialistes[7] des temps anciens, les libelles[8] pédants et fielleux[9] de petits-maîtres[10] atrabilaires[11] tout en mastiquant du pain noir et de la saucisse d'âne.

Quand il découvrait un mot qu'il n'avait encore jamais rencontré, tout son corps tremblotait et il ne pouvait rester en place, ni même cacher sa joie : il lui fallait sortir au plus vite des salles de travail ou de l'officine[12] des loueurs de livres pour s'enfermer dans le premier endroit sûr où il pouvait alors, seul avec le mot, prendre la pleine mesure de son plaisir en le prononçant à haute voix, pour la première fois, en le faisant sonner à ses oreilles afin de ressentir la caresse de ce corps impalpable et volatil.

---

1. ***Vocalique*** : relatif aux voyelles.
2. ***Généalogie étymologique*** : étude de l'origine des mots
3. ***Moribonds*** : qui sont sur le point de mourir.
4. ***In-quarto*** : ouvrages dont les feuilles ont été pliées en quatre de manière à former des cahiers de huit pages.
5. ***Décaties*** : vieillies.
6. ***Opuscules*** : petits ouvrages.
7. ***Mémorialistes*** : auteurs de mémoires, c'est-à-dire de témoignage sur leur temps.
8. ***Libelles*** : courts écrits satiriques ou diffamatoires, pamphlets.
9. ***Fielleux*** : haineux, méchants.
10. ***Petits-maîtres*** : jeunes élégants, affectés et prétentieux.
11. ***Atrabilaires*** : coléreux, irritables.
12. ***Officine*** : laboratoire, boutique ou atelier confidentiel.

Bien souvent, les toilettes de la Bibliothèque royale furent les témoins de ces extases qui le laissaient ensuite comme hagard[1] de longues heures durant, à l'image d'un amoureux comblé se retirant des cuisses de sa conquête.

Le musée était en vue. La nuit absorbait l'édifice sombre qui, même de jour, dégoûtait le public par ses murs ternes où de grandes traînées noires partaient du toit, suppuraient[2] de mille gouttières pour rejoindre les marches d'un escalier écaillé.

Beshevich calma son allure, puis essaya sans grand succès de reprendre une respiration normale. Un grossier mouchoir puant la sueur et la vieille charcuterie lui permit d'éponger son visage trempé.

Klapeck ne l'attendait pas en haut des marches comme il l'avait craint. Il ouvrit la porte de service sur le côté gauche du bâtiment, la referma très doucement puis, avec une infinité de précautions, marchant sur la pointe des pieds comme pour alléger et ses craintes et son poids, il gagna le poste des gardes.

Le musée dormait. On n'entendait aucun bruit. En avançant vers le poste, Beshevich commença à se détendre. Et soudain, il eut le sentiment qu'un brouillard se dissipait, le brouillard de cette mélasse[3] mangeuse de sens et, revenu à son interrogation obsédante, il vit, oui, il vit son *paliure* scintiller en lettres claires et comme iridescentes[4] devant ses yeux, pour s'offrir enfin et s'éclairer de sa lumineuse définition.

Mais à ce moment, le pied de Beshevich buta contre une lame de parquet trop saillante; il faillit tomber, trébucha, se rattrapa au mur, jura, pesta : *paliure* avait rejoint le mystère de sa nuit.

---

1. ***Hagard*** : voir note 8, p. 57.
2. ***Suppuraient*** : voir note 9, p. 62.
3. ***Mélasse*** : brouillard épais, boue.
4. ***Iridescentes*** : qui ont des reflets irisés.

Dans le poste de garde, quelques phrases griffonnées par Klapeck sur le registre de surveillance le calmèrent : son supérieur devait se rendre au chevet de sa belle-mère mourante, il indiquait à Beshevich qu'il serait donc seul pour cette nuit. « Qu'il crève avec sa belle-mère, et bon vent ! » pensa le gros gardien dont le front de nouveau était couvert d'une aigre sueur.

Il se changea sans trop de hâte puis, revêtu de son uniforme bleu sombre, il s'assit un instant. Son souffle était encore court et l'uniforme décidément bien trop petit. Beshevich sentait son engoncement[1] : il peinait à bouger son bras gauche. Mais après tout, pourquoi mettre cette fichue veste puisqu'il était certain d'être seul pour la nuit !

En chemise, il se sentit beaucoup mieux quoique la petite douleur au bras n'avait pas encore complètement disparu.

Fouillant dans son casier, il trouva un reste de pâté de porc ainsi qu'un quignon de pain raide comme un os. Mâchouillant tout cela et saisissant sa lanterne, il partit d'un pas lent faire une première ronde au travers des salles.

Beshevich détestait la peinture.

Il n'avait jamais compris que l'on pût admirer ce qui singeait si grossièrement la réalité, tandis que dans la vie de tous les jours on regardait à peine ce que les peintres prenaient pour modèle.

Tous ces bouquets, ces entassements d'huîtres, de lièvres, de poires, de raisins et de homards, ces gerbes de roses et de tulipes, ces coupes de vermeil versées les unes sur les autres, ces tissus torsadés, ces drapés tombant sur des colonnes brisées, ces saints grotesques aux regards levés on ne savait où, ces gros corps roses de femmes jouant dans des campagnes trop vertes, tout cela lui donnait la nausée.

---

1. ***Engoncement*** : fait d'être trop serré dans un vêtement trop étroit, qui donne un air gauche.

L'habitude aidant, il avait même fini par ne plus les voir et, lors de ses rondes, il préférait fixer ses chaussures et se concentrer sur ses dernières trouvailles, ou quelques problèmes d'étymologie, de recoupements onomastiques [1], plutôt que de laisser son regard aller vers les murs.

Beshevich avait terminé son en-cas et essuyait ses mains grasses contre la toile rugueuse d'un petit Murillo [2] représentant trois aveugles errant sur un pont et s'apprêtant sans le savoir à se jeter dans l'eau.

Essayant de dégourdir son bras gauche qui lui semblait singulièrement lourd, il avait repris le fil de ses recherches :

Paliure, paliure... de *pal,* oui sans doute de *pal, palis,* substantif latin, qui veut dire pieu, épieu, objet pointu, et par extension métonymique, danger, blessure, coupure. Oui... sans aucun doute... mais le suffixe, le suffixe ? *-iure*..., on a le choix, peut-être du moldave [3] *-youre*, qui signifie en dessous, ou bien le bas-crétois *-ïere*, dont le sens indique plutôt la circularité, ou encore le croate *-liurue* qui veut dire... qui veut dire... non, ce n'est pas possible, pas le croate... bon sang, fichu mot, fichue mémoire !

Sortant une vieille cigarette roulée de sa poche, il la porta à ses lèvres et constata avec étonnement que son visage était toujours trempé de cette sueur poisseuse qui sentait un peu l'ail et le lait caillé.

Il craqua une allumette contre les vagues furieuses d'une tempête embrumée de William Turner [4]. La petite flamme naissante roussit l'écume blanchâtre. Beshevich tenta d'effacer cela en grattant un peu la surface de la peinture avec son ongle, mais

---

1. ***Onomastiques*** : relatifs à l'étude et à la science des noms propres.
2. ***Bartolomé Esteban Murillo*** : peintre espagnol (1618-1682).
3. ***Moldave*** : langue parlée dans l'est de la Roumanie.
4. ***William Turner*** : peintre aquarelliste anglais (1775-1851).

il ne réussit qu'à détacher un peu de la vague qui tomba en fine poussière à ses pieds.

Il haussa les épaules, tira deux bouffées de cigarette et poursuivit son chemin de salle en salle.

Paliure cognait dans sa tête à la façon d'un marteau rageur sur une enclume [1]. Il lui semblait que le mot prisonnier se vengeait de lui en l'assommant, hurlant ses propres sons, désespéré de ne plus avoir de sens.

Et avec tout cela, comme si ce n'était pas assez pénible, son bras qui devenait de plus en plus lourd, et la douleur qui atteignait maintenant l'épaule, descendait un peu sur le poumon qu'elle semblait prendre comme entre des pinces.

Paliure, paliure, le mot criait maintenant dans son cerveau, et ce n'était plus sa voix qui le disait mais celle acariâtre [2] de la hideuse Mme Schlomo et, l'accompagnant, une autre voix, plus sèche encore et pointue, celle de M. Klapeck, et une autre encore, lointaine, menaçante, *paliure, paliure, paliure...* qu'il reconnut pour être la voix du commissaire de police.

Beshevich sentit son pas s'alourdir.

Il venait d'atteindre la salle consacrée à la peinture religieuse italienne quand, tout à coup, il eut le sentiment qu'un être invisible lui enfonçait une épée chauffée au rouge à travers le corps. Son cœur éclata dans un étau. Son bras gauche devint de pierre, sa poitrine prit une lourdeur oppressante. Il tenta sans succès d'aspirer une grande bouffée d'air.

Sans comprendre ce qui lui arrivait soudain, il se vit tournoyer et s'affaisser à terre, spectateur impuissant de sa propre chute.

Il fit nuit. Cela dura.

---

1. ***Enclume*** : masse de fer sur laquelle on bat les métaux.
2. ***Acariâtre*** : agressive, hargneuse.

Lorsque Beshevich reprit conscience, il ne sut combien de secondes, de minutes ou d'heures s'étaient écoulées. Il sentait toujours en lui une grande douleur, peut-être moins vive que celle qui l'avait terrassé, mais plus chaude, plus constante et plus large.

Il essaya de se relever mais n'y parvint pas. Il essaya de bouger ses jambes, sans plus de succès.

Alors, pris de panique, il voulut se raidir et dans des efforts désespérés tenta de commander un muscle, un tendon, le plus petit et le plus inutile des infimes nerfs qui rampaient sous sa chair graisseuse…

Mais il ne se passa rien.

Même ses paupières restaient odieusement ouvertes, ne battaient plus et ses gros yeux s'encombraient de larmes qui coulaient toutes seules.

Sa tête avait roulé sur sa gauche dans sa chute et formait un angle bizarre avec son corps. Sa joue appuyée sur le parquet sale, Beshevich ne voyait rien qu'un brouillard de pleurs et de formes vagues.

Quand, après quelques minutes, les pleurs cessèrent et que sa vision s'éclaircit, Beshevich put constater que le visage doux d'un homme émacié[1] et nu se penchait sur lui dans une attitude d'une grande humanité. Son regard bienveillant lui souriait. Un peu de barbe courait sur ses joues très maigres. Il essaya de lui adresser un appel plaintif mais aucun son ne sortit de sa bouche. Il ne connaissait pas cet homme, ne l'avait jamais vu.

L'agonie de Beshevich dura jusqu'au petit matin et, jusqu'au petit matin, il dut regarder la *Crucifixion au buisson* d'Antonello de Messine[2], et tout particulièrement le visage du Christ que le peintre dans un souci de grandeur avait un peu disproportionné.

---

1. ***Émacié*** : très amaigri.
2. ***Antonello de Messine*** : peintre italien de la Renaissance (v. 1430-1479).

Les yeux du gardien, tantôt secs comme des cailloux, tantôt rafraîchis par des pleurs, parcouraient les plus petites rides du Bienheureux visage, et, pour la première fois de son existence, Beshevich, après avoir réalisé qu'il s'agissait d'un portrait et non d'un homme venu le secourir, se trouva contraint, malgré sa répugnance, de fixer une œuvre peinte.

Confusément, il comprit qu'il allait mourir et que, lorsque son confrère viendrait pour la relève du jour, il serait trop tard.

Alors dans un dernier effort, n'ayant plus d'autre souci que de mourir en paix avec lui-même, il tenta de chasser le visage couronné de Jésus-Christ, et se concentra avec une peine immense pour qu'enfin apparaisse *paliure*, et que le mot relâché, ouvert, lui livre son sens avant qu'il ne rendît l'âme.

Mais le bon visage du Crucifié, dans le front duquel les épines enfoncées avaient fait naître de courts ruisseaux de sang, demeurait devant les yeux du gardien à l'agonie, malgré tous ses efforts pour l'en chasser.

La douleur progressait dans le corps de Beshevich et altérait sa conscience. Il crut entendre chanter un coq, et voir tomber la couronne d'épines sur son ventre. Le visage lui souriait toujours, les lèvres à peine ouvertes, comme s'il allait murmurer.

Le cœur de Beshevich se fendillait en mille brisures de chair.

La couronne d'entrelacs et de pointes brunâtres paraissait voltiger au-dessus de son regard, et il voyait les épines aller et venir, si proches de ses pupilles qu'il crut qu'elles allaient lui crever les yeux…

Paliure, paliure, paliure, tenta-t-il encore une fois dans une ultime invocation au génie du mot qui ne voulait le visiter avant son dernier terme.

Un grand craquement parcourut sa poitrine.

À ce moment précis, sans qu'il devinât pourquoi, le Christ couronné lui parut de la plus haute importance.

Beshevich se sentit glisser dans un vide poisseux et noir, et soudain les épines percèrent la nuit vers laquelle il tombait, les épines de la sainte couronne se dressèrent dans le jour que fuyait Beshevich pour donner à une énigme sotte un terme bénin[1].

Car ces beaux piquants d'amour et de mal qui trônent sur le front blême du fils de Dieu, ces épines indifférentes que les peintres se plaisent à tresser au-dessus du visage de Gloire, de Souffrance et de Vie du Sauveur, comme pour lui donner la pâle dignité du plus humble des morts, sont les vives terminaisons d'un petit arbre de Judée, qui pousse à l'orée des déserts dans de pauvres sables, arbre malingre que les chèvres les plus affamées délaissent avec dédain, que le vent même évite de peur de s'y blesser et de perdre son chant, et que de savants botanistes, un jour, un jour très ancien, nommèrent du très doux terme de *paliure*, comme pour leur seul plaisir.

Mais de cela, Beshevich était mort, idiot, sans même s'en être souvenu.

1. ***Bénin*** : doux, anodin.

■ Les nouvelles de Philippe Claudel jouent avec les références artistiques, empruntant à des œuvres réelles comme à des œuvres fictives. Si Antonello de Messine (1430-1479), artiste de la Renaissance italienne, n'est pas l'auteur d'une *Crucifixion au buisson*, il a peint plusieurs représentations du Christ, dont ce *Christ à la colonne* (v. 1475). Comme l'œuvre apocryphe de la nouvelle « Paliure », ce tableau donne à voir le Christ portant la couronne d'épines qui « [fait] naître de courts ruisseaux de sang » sur son front. Il réalise la synthèse de deux épisodes de l'Évangile – la flagellation et le couronnement d'épines.

Le Voleur et le Marchand

Au déclin du jour, Colin le Bihot arriva non loin de Colmar. Il apercevait déjà les portes de la ville mais réfléchit qu'il valait mieux attendre le lendemain avant que d'y entrer. Le matin, il passerait plus facilement sous les yeux du guet [1], parmi la foule des paysans, qu'à cette heure déjà tardive où les gardes voyaient arriver d'un mauvais œil un étranger, et le questionnaient alors grandement en conséquence.

Colin avait une belle horreur des questions, et même s'il n'était venu depuis longtemps dans cette ville, le souvenir de ses larcins [2] y avait peut-être perduré dans quelque mémoire pétrie de rancune.

Originaire des États du Nord, Colin le Bihot ne dépassait pas vingt ans. Grand, plein de nerfs, les yeux comme enflammés par des brandons [3], il vivait depuis son plus jeune âge de grivèlerie [4] et de crimes. Plus d'une fois déjà, il avait échappé au gibet [5] ;

1. ***Guet*** : surveillance nocturne exercée dans une ville pour maintenir l'ordre ou pour prévenir les attaques de l'ennemi.
2. ***Larcins*** : petits vols.
3. ***Brandons*** : flambeaux constitués de paille enflammée.
4. ***Grivèlerie*** : filouterie, délit consistant à se faire servir chez un restaurateur ou un cafetier des boissons et des aliments qu'on ne paie pas.
5. ***Gibet*** : potence, lieu de pendaison.

mais prendre le bien d'autrui et l'égorger s'il résistait ne lui semblaient pas plus détestables que d'entreprendre des guerres ou de lever des impôts. Tout n'était selon lui qu'affaire de moyens, pas de morale, et comme tout le monde n'avait pas le bonheur de naître roi, chacun pouvait tout de même à sa convenance devenir voleur. Cette petite philosophie était son bréviaire [1] ainsi que son unique conscience.

D'ailleurs, à chaque fois que Colin avait tué un homme, il ne s'était pas plus ému que s'il s'était agi d'une bête, mouton ou porc, grotesque poulet dodelinant du [2] cou. L'événement lui paraissait malgré tout singulier au point que pour se rappeler cet acte, nourri d'une superstition un peu obscure dont il ne parvenait pas à définir les menaces, il s'entaillait, sitôt l'assassinat commis, l'avant-bras droit d'un double coup de poignard qui en cicatrisant formait une croix de Saint-André [3], maladroite et comme vivante. En ce soir où le jeune voleur parvenait à Colmar, son bras se fleurissait de six de ces trophées.

Un peu avant les premières masures [4] du faubourg, Colin avisa un large chêne, dont le feuillage épais lui servirait de toit pour une nuit qui promettait d'être douce. Les étoiles au ciel commençaient à poindre [5] de leur sommeil et les parfums du chèvrefeuille sauvage se mariaient dans l'air aux odeurs de poivre des derniers foins coupés. La terre s'ouvrait à l'air. Elle lui donnait par instants un souffle de froid qui se dissipait tout aussitôt dans les chaleurs agitées par la brise. Un grand calme avait scellé les bruits de la campagne.

---

1. ***Bréviaire*** : au sens propre, livre de formules apprises par cœur et destinées à être récitées ; ici, livre de foi.
2. ***Dodelinant du*** : balançant doucement le.
3. ***Croix de Saint-André*** : croix en forme de X.
4. ***Masures*** : voir note 1, p. 48.
5. ***Commençaient à poindre*** : commençaient à paraître.

C'est en cette fin de jour, et sous cet arbre, que le voleur rencontra la Mort. Elle avait emprunté les traits paisibles d'un homme rond au bon visage, habillé comme un marchand et qui, adossé au tronc de l'arbre, fumait une longue pipe en terre, les yeux mi-clos.

Colin tout d'abord ne la reconnut pas, habitué qu'il était aux bêtes imageries populaires qui la peignent toujours sous les traits d'un cadavre décharné [1] armé d'une faux [2]. Aussi le jeune voleur s'adressa-t-il à la Mort comme à un frère humain. Il se disait, au fond de lui, que ce marchand était une aubaine et que sa bourse, sans être aussi grasse que sa panse, devait malgré tout contenir quelques pièces bonnes à prendre.

Colin feignit de demander sa route au marchand et, quand celui-ci l'eut renseigné, ils parlèrent tous deux pendant près d'une heure, de tout et de rien, de la vendange et de la vigne, du Rhin, des villes allemandes, de servantes aux gorges lourdes et aux cuisses de lait, davantage rêvées dans le désir des hommes que serrées dans leurs vies et dans leurs bras. Colin tout en parlant s'étonnait de voir le visage du marchand toujours lissé du même sourire que son teint vermeil [3] rendait encore plus fleuri. Il fallait en finir. Le voleur se raidit, respira fort, sentit son sang comme une huile chauffée affluer à son cœur et soudain, tandis que son compagnon de rencontre respirait, les yeux fermés, les parfums de la nuit, Colin sortit son couteau et le lui appliqua sur la gorge en demandant sa bourse.

1. ***Décharné*** : voir note 1, p. 39.
2. ***Faux*** : instrument constitué d'un manche en bois sur lequel est fixée une lame en acier courbée destinée à couper l'herbe. Attribut de la figure allégorique de la Mort.
3. ***Vermeil*** : rouge vif.

Sa main trembla un peu quand il vit que l'autre n'avait pas cessé de sourire et que ni le couteau ni les menaces ne paraissaient l'effrayer.

La Mort s'adressa alors à lui en ces termes : «Veux-tu apposer sur ton bras un septième sceau [1] ? » – et partit d'un grand rire qui atteignit Colin jusque dans son échine [2]. Il eut subitement l'impression que tout son corps se glaçait, et comprit qu'à ses côtés ne se tenait pas un simple marchand mais une créature qui n'avait pris la chair des hommes que pour mieux le perdre.

«Comment pourrais-tu saigner la Mort, mon pauvre Colin ?» Le faux marchand souriait toujours et le jeune voleur effrayé vit soudain au travers de ses traits, comme par l'effet d'un sortilège, un crâne aux orbites creuses et grises se dessiner. Il se mit à genoux et tenta de rassembler les souvenirs de quelques prières, péniblement apprises jadis grâce à quelques coups de trique.

La Mort l'interrompit : «Tu as déjà semé le mal dans bien des endroits, et dispensé ce que moi seul je puis donner; tu as ouvert des cœurs à la douleur infinie de l'absence; tu as livré des épouses et des enfants au pays terne des larmes qui jamais ne s'arrêtent; mais tu es jeune encore… peut-être pourrais-tu t'amender [3]… »

À l'évocation d'une possible clémence [4], Colin promit, jura, donna parole de mener désormais une vie droite et honnête, dans le respect de la vie et du bien des autres, et dans le souci d'aider et de secourir son prochain.

«Soit, je recule ton heure, nous verrons bien…, dit la Mort. J'ai tout mon temps. Je reviendrai plus tard : entre dans la ville et souviens-toi de notre rencontre.»

---

1. ***Sceau*** : marque, signe.
2. ***Échine*** : voir note 2, p. 60.
3. ***T'amender*** : te corriger.
4. ***Clémence*** : indulgence, pardon.

Colin vit alors le faux marchand se lever, et s'en aller dans la nuit. Il ne tenta pas de le suivre. Il grelottait jusqu'au fond de son âme.

Le soir même, une fois ses esprits retrouvés, le voleur gagna la ville en marchant comme dans un songe. Le guet qu'il crut voir assoupi le laissa passer la porte sans même l'arrêter.

Dès le lendemain, jour de marché, Colin le Bihot proposa ses services à celui qui en voudrait. Il put ainsi pour la première fois de son existence gagner honnêtement un repas en aidant un tonnelier à charrier [1] ses foudres [2] neufs et ses barriques.

Les jours passèrent, puis les mois. Colin, fidèle à sa promesse, ne manquait pas une occasion de rendre service. Une vieille veuve à qui il fendait le bois lui avait cédé un coin de grenier où il pouvait dormir. Sa vigueur et son courage lui attirèrent bien des sympathies et la fréquentation des marchands le fit remarquer de l'un d'entre eux, Cornélius Wies.

Celui-ci cultivait le regret de ne pas avoir eu de fils à qui il aurait pu transmettre son commerce de vins, et son savoir. Veuf et père d'une fille, il terminait son existence en veillant sur ses biens et trouvait son plaisir à venir le soir à l'auberge des Pflets fumer une pipe et boire de la bière en compagnie d'autres marchands.

Il avait plus d'une fois aperçu sur la place et dans les rues étroites de la ville ce grand gaillard qui semblait si plein de vie et d'allant, toujours prompt à s'embaucher, ou chez l'un, ou chez l'autre. Ses yeux vifs lui disaient qu'il ne devait pas être sot. Cornélius un jour l'aborda :

« Ne voudrais-tu pas apprendre un métier au lieu d'en faire cent ?

– Pardieu, je ne dis pas non », répondit Colin.

---

1. ***Charrier*** : véhiculer dans une charrette, dans un chariot.
2. ***Foudres*** : grands tonneaux.

Ainsi l'engagement entre les deux hommes fut-il conclu, sans autre complication ni bavardage d'oiseaux.

Depuis ce jour, il sembla à tous ceux qui connaissaient Cornélius Wies que le vieil homme reprenait vie. Colin était loin d'être sot et le marchand avait vu juste : en quelques mois, il lui enseigna les ficelles du métier. La vinification, la température des moûts [1], l'assemblage des barriques, la comptabilité à deux colonnes [2], les pourparlers avec les vignerons, l'endosse [3] et la décharge [4], les prévisions à terme, les engagements avec les commerçants rhénans, et ceux, plus âpres encore, des Flandres, tout cela n'eut bientôt plus de secret pour le voleur repenti. La maison Wies, jusqu'alors déclinante, reprit une vigueur qu'elle n'avait plus connue depuis longtemps. Et dorénavant, le soir venu, quand le vieux Cornélius allait à l'auberge, ce n'était plus pour tromper une mélancolie sournoise mais pour boire apaisé et fumer joyeusement ses pipes d'écume [5].

« Ton Colin est un sacré gaillard, lui disait-on, il réveillerait les morts !

– Pour sûr, répondait Cornélius, le commerce grâce à lui n'a jamais été aussi bon, et moi, je me sens rajeunir !

– Et ta fille Grethe, qu'en dit-elle ? » demandaient les plus malins en riant sous cape, les lèvres et les yeux disparus dans la blancheur mousseuse de leur chope.

Cornélius tirait alors des bouffées de tabac et souriait au plafond sans mot dire.

---

1. ***Moûts*** : jus du raisin qui n'a pas encore fermenté.
2. ***Comptabilité à deux colonnes*** : système de comptabilité fondé sur l'enregistrement des crédits et des débits.
3. ***Endosse*** : inscription d'un ordre de paiement au dos d'un titre de paiement.
4. ***Décharge*** : enregistrement d'une somme payée.
5. ***Écume*** : matériau naturel d'un blanc pur utilisé pour la fabrication de pipes de luxe.

Plusieurs mois s'écoulèrent ainsi pour le bonheur de tous. Les anciens pendards [1] qui hantaient jadis en compagnie de Colin les étuves [2] et les villages ravagés par les reîtres [3] de l'Espagnol auraient eu peine à reconnaître sous les traits de ce jeune homme à la bonne figure, qui portait bel habit et à qui tout le monde donnait désormais du « Monsieur Colin », leur ancien compagnon de débauche et de brigandage.

Un soir, le vieux Cornélius le fit venir solennellement dans son cabinet, tout encombré de papiers et de pots d'encre. Il l'attendait assis, un peu trop cérémonieusement installé, arborant une mine qu'il essayait de rendre grave. Après avoir raclé plusieurs fois sa gorge et renversé quelques papiers, il lui dit ceci :

« Mon Colin, voici une année aujourd'hui que je t'ai proposé de venir dans mon commerce. Rien ne sert que je te dise hautement tout le bien que je pense de toi, et tout ce que tu as fait pour cette maison. Les choses parlent d'elles-mêmes. J'ai plus d'argent que l'an passé. Nous avons tant de commandes qu'il faudrait une vendange à chaque saison… Mais tu n'as pas fait que cela… tu m'as… redonné vie et, grâce à toi, l'espoir de voir cette maison continuer après ma mort. Car une autre personne t'apprécie aussi beaucoup, si j'en crois ses rougeurs et sa voix qui se brise à chaque fois qu'elle te croise… Ma fin approche, Colin, tais-toi… ne dis pas non… Dieu dispose de nous comme nous des vignes, c'est à lui qu'appartient de couper le fruit quand il lui plaît de le faire. Je ne crains pas ce moment, mais je serais le plus heureux des hommes si tu épousais ma fille et me faisais une ribambelle de petits marchands ! »

1.*Pendards* : vauriens, fripons.
2.*Étuves* : ici, établissements de bains, thermes.
3.*Reîtres* : cavaliers mercenaires, caractérisés par leur brutalité et leur grossièreté.

C'est ainsi que deux mois plus tard l'ancien voleur maria la fille de Cornélius Wies.

Les noces furent dans la ville l'occasion d'un grand cortège fleuri et joyeux, d'une belle messe de gloire, et de beuveries sans nom. Des tonneaux furent mis en perce [1] sur les places, le vin coula dans les seize fontaines de la ville et l'on dansa toute la nuit au son des vielleux [2]. Cornélius aurait régalé la terre entière.

Le soir de son mariage, alors qu'il s'apprêtait à rejoindre pour la première fois Grethe dans le lit, Colin repensa à son ancienne vie et remercia la Providence d'avoir mis ainsi la Mort jadis sur sa route. En ôtant sa chemise, il regarda son bras droit et s'aperçut qu'une des croix de Saint-André avait disparu et qu'il ne demeurait que cinq cicatrices étoilées.

Le vieux Cornélius mourut l'année suivante, en bon chrétien. Il avait vu ses vœux exaucés, et tenu dans ses bras son premier petit-fils auquel Colin avait donné le prénom du grand-père. Trois autres enfants suivirent celui-là, tous plus vigoureux les uns que les autres.

La vie passa.

Colin devint un des plus importants marchands de toute la plaine d'Alsace. Il suffisait dans bien des endroits de prononcer son nom pour que tous ceux présents s'accordassent à dire qu'il s'agissait là d'un honnête homme. Bon mari, bon père, il n'attirait aucune jalousie car chez lui les pauvres étaient toujours bien reçus et nourris, les malades soignés, les veuves et les orphelins secourus. Chaque année, il versait une forte somme à l'Hospice [3] de Belstein, concourait aux réparations de

---

1. ***Mis en perce*** : percés, pour en tirer du vin.

2. ***Vielleux*** : joueurs de vielle, instrument de musique populaire muni de touches, et dont les cordes sont mises en vibration par le frottement d'une roue que l'on fait tourner au moyen d'une manivelle.

3. ***Hospice*** : établissement accueillant les vieillards, les orphelins et les handicapés.

l'église, payait du drap pour les moines de l'abbaye, participait de moitié aux dépenses du char des marchands pour le défilé de la Saint-Vincent.

Parfois, dans son for intérieur, Colin songeait à son étrange destin comme tranché en deux vies distinctes qui s'étaient soudainement séparées pour ne jamais plus se rejoindre. Au fil des années, comme des lointains souvenirs emportés par les défauts de la mémoire, les abominables croix qui constellaient son bras s'étaient éteintes puis effacées, et la peau avait repris son ancienne apparence, sans qu'il s'en étonnât trop.

Colin était heureux. Avec l'âge, son corps avait épaissi. Son allure ronde et pesante s'éloignait toutefois toujours d'une certaine gravité grâce à un bon sourire qui ne quittait pas son visage, et lui donnait un air paisible. Bientôt, il apprendrait les rudiments du métier au plus grand de ses fils qui approchait de ses quinze ans. Le second était encore trop jeune. Quant à ses deux filles, il n'avait nul souci : les prétendants ne manqueraient pas quand le temps serait venu de les marier.

Un soir de septembre, à l'approche des vendanges, Colin ressentit le besoin de quitter ses entrepôts et d'aller, dans l'après-midi finissante, humer l'air des vignes tout en fumant un peu.

Il faisait doux. Un soleil plein embrasait les torchis[1] des maisons. Il passa la poterne[2] et traversa lentement le faubourg, la pipe à la main, répondant de temps à autre au salut respectueux d'un paysan occupé sur le seuil de sa maison à quelques menus travaux de vannerie[3].

---

1. ***Torchis*** : voir note 6, p. 56.

2. ***Poterne*** : porte qui ferme la galerie souterraine reliant les fortifications d'un château à l'extérieur de la ville.

3. ***Vannerie*** : artisanat du jonc, de l'osier et du rotin.

Une brise par moments apportait des parfums de fleurs et de terre, et l'odeur acide des derniers regains[1] les rendait encore plus sauvages. Colin fermait les yeux en goûtant la fin de ce beau jour. La vendange, cette année-là, promettait d'être riche. Tout allait bien. Le ciel vers le couchant dorait son bleu profond de vermeil et d'émeraude et Colin songea au manteau de la Vierge, à la lumière jaune qui nimbe[2] ses cheveux dans le grand retable[3] que maître Tierckaert avait peint selon sa commande, et sur lequel sa femme Grethe, ses filles, ses fils et lui-même figuraient agenouillés, les mains jointes vers l'Enfant Jésus, dans une pâleur de grande piété.

Le marchand se retrouva bientôt seul, sur le chemin de campagne, avec derrière lui les murs de la ville et les dernières maisons. Un grand silence tiède caressait les champs. Sans qu'il l'eût recherché, ses pas l'avaient conduit sur cette même route où bien des années plus tôt il était passé. Il aperçut d'ailleurs le vieux chêne, superbe de ramure[4] et de feuillage, sous lequel il avait fait la rencontre qui changea le cours de son destin. L'arbre paraissait ne pas avoir vieilli comme si sa vie d'arbre le préservait de ce qui hante et pourrit celle des hommes, comme si le temps s'amusait seulement, et sans fin jamais, à le vêtir de verdure et à le dépouiller, à le vêtir puis à le dépouiller de nouveau, dans un immuable recommencement.

Quand Colin pensait parfois à sa jeunesse, c'était comme s'il évoquait le parcours d'un autre homme qu'il aurait vaguement connu, et guère apprécié. Et ce sentiment de dépossession de

---

1. ***Regains*** : herbes qui repoussent dans les prairies après la première fauchaison.
2. ***Nimbe*** : voir note 1, p. 51.
3. ***Retable*** : tableau placé derrière l'autel dans l'église.
4. ***Ramure*** : ensemble des branches.

ses années lointaines lui avait ôté depuis bien longtemps toute honte et tout remords.

Colin s'approcha de l'arbre pour en caresser le tronc craquelé. Il s'assit à son pied. Le soir commençait à vider le jour de tout son sang. Le marchand, le visage adouci par son éternel sourire, songea à toutes les années écoulées depuis le jour où il s'était agenouillé à cette même place. Il revit les traits bons et plissés du vieux Cornélius, se souvint des effarouchements candides de la jeune Grethe tandis qu'il lui faisait son compliment dans l'ombre printanière du cellier [1] à fruits. Il se rappela la venue au monde de chacun de ses enfants, il entendit la voix de ceux qui chaque jour le saluaient d'un « Bien le bonjour, Maître Colin », et le remerciaient pour leur avoir procuré un travail de saison, un carré de drap, deux brassées [2] de bois, une lettre pour l'évêque. Il goûta tout au fond de lui-même le paisible réconfort du bien rendu et de la justice, de la pénitence enfin achevée.

Tandis qu'il songeait à tout cela, les yeux fermés, tirant de temps à autre une bouffée de sa pipe, il n'avait pas entendu arriver près de lui un homme qui maintenant lui demandait sa route.

Colin ouvrit les yeux et vit devant lui un grand gaillard : très jeune, les flancs maigres, il portait une besace [3] à moitié vide et s'exprimait avec un accent des villes du Nord. Le jeune homme avait un visage sec couvert de poussière dans lequel le marchand remarqua surtout le regard ; celui-ci semblait comme allumé par un atroce et infime incendie où dansaient des flammes et des diables. Il s'assit à ses côtés et tous deux discutèrent de tout et de rien pendant près d'une heure. Plus Colin regardait l'étranger, plus il reconnaissait dans ses traits, dans le choix de ses

1. ***Cellier*** : pièce à provisions.
2. ***Brassées*** : ce que peuvent contenir deux bras.
3. ***Besace*** : sac à deux poches avec une ouverture au milieu.

mots et au travers de ses gestes, ceux d'un lointain fantôme ou d'une ombre depuis longtemps enfuis, et dont seuls demeurent quelques contours imprécis, rêveurs, et tout à la fois fraternels.

Quand son compagnon de hasard fouilla dans sa maigre besace en lui tournant le dos, Colin comprit soudain que ses deux vies étaient sur le point de se rejoindre, et que la Mort était passée, en quelque vingt années, de l'une à l'autre de ses apparences. Il n'en conçut nulle peur. Il attendit ce qui devait arriver.

Alors, comme dans un au revoir au monde, Colin, l'ancien voleur devenu marchand, celui qui avait ôté de la terre six vies en leur serrant la gorge ou en les éventrant, celui qui avait ensuite donné au monde du bien, du labeur et de la droiture, celui duquel avaient germé quatre nouvelles âmes, celui-là fit apparaître dans son esprit les visages de sa femme et de ses enfants. Colin le Bihot, pendard et détrousseur[1], gredin cruel et mécréant[2] devenu Maître Colin de Colmar, homme de justice et bienfaiteur des paroisses de Turckheim et d'Ammerschwihr, remercia Dieu et la Mort du sursis qu'ils lui avaient jadis octroyé, puis il respira longuement, très longuement, une dernière fois, les parfums de chèvrefeuille sauvage et d'herbe humide que le soir liait dans un tourbillon doux et frais.

Et c'est pendant ce fragile battement du temps où Colin s'abandonnait tout entier à la douceur de la vie, dans la pleine conscience de son achèvement, que le jeune étranger choisit de se retourner et de trancher, avec l'éclair aveuglant de son couteau, la gorge du marchand.

---

1. ***Détrousseur*** : voleur qui n'hésite pas à recourir à la violence.
2. ***Mécréant*** : voir note 4, p. 28.

■ Ingmar Bergman, *Le Septième Sceau* (1957).

« Le Voleur et le Marchand » fait allusion à ce film dans lequel, de retour de guerre sainte, le chevalier Antonius Block tente de prolonger sa vie en proposant une partie d'échecs à la Mort.

DOSSIER

- Microlectures
- La vraie vie d'Arthur Rimbaud
- Pour prolonger sa lecture
- Interview de Philippe Claudel
- Bibliographie de Philippe Claudel

Microlectures

« Les Confidents »

1. Le plaisir onirique

1. Montrez que le nom de la comtesse, « Beata Désidério », donné dans les premières lignes du récit, est un indice prémonitoire et ironique de l'insatisfaction dont va souffrir l'héroïne.
2. Quelles sont les émotions ressenties par l'héroïne au sortir de son rêve étrange ?
3. Quelles sont les différentes tentatives que fait la comtesse pour retrouver l'intensité du plaisir onirique ?

2. L'emprise croissante du rêve

1. Quelles sont les différences subtiles qui existent entre les deux rêves de la comtesse ? Montrez que, de moins en moins spectatrice, la comtesse devient actrice.
2. Les circonstances dans lesquelles on retrouve Beata Désidério morte suggèrent plusieurs analogies avec des éléments du rêve :
   – Quel est le point commun entre la position de la comtesse et la cathédrale du rêve ?
   – Que rappelle la blessure qu'on découvre sur sa gorge ?

3. Une esthétique baroque

1. Quelles sont les deux hypothèses que l'on peut formuler sur les causes de la mort de l'héroïne ?
2. Recherchez une définition précise de l'esthétique baroque et montrez que les thèmes évoqués dans « Les Confidents » se rattachent à cette esthétique.

« L'Autre »

1. Quand la fiction emprunte à la biographie

1. Lisez la biographie d'Arthur Rimbaud (p. 103) et relevez les points communs existant entre la vie du poète et celle du personnage Eugène Frolon.
2. Montrez en quoi le destin d'Eugène Frolon tend à ressembler de plus en plus à celui de Rimbaud et, parallèlement, en quoi la destinée de Rimbaud à la fin de sa vie rejoint celle d'Eugène Frolon avant son départ pour Marseille.

2. Une composition symétrique

1. La vie d'Eugène Frolon se divise en deux périodes. Recensez les différences qui opposent son existence en Europe et son périple en Afrique du Nord.
2. La découverte de la poésie de Rimbaud bouleverse Eugène Frolon au début de la nouvelle. Quelle rencontre fondamentale fait écho à cette découverte à la fin du périple du héros ?

3. Une ellipse centrale

À son arrivée à Harrar, Eugène Frolon, devenu un ascète prophétique, est recueilli par des négociants européens avant de perdre conscience. Le récit passe sous silence certains événements et ne reprend qu'au moment où le personnage se réveille. On appelle ce procédé une ellipse. Que permet-il dans la nouvelle ?

4. L'ambiguïté fantastique de la fin

1. Sur quelle ambiguïté repose la fin du récit ? En quoi peut-on dire que cette fin inscrit la nouvelle dans le registre fantastique ?
2. Relevez les indices disséminés tout au long du texte qui signalent l'étrangeté de l'histoire racontée et préparent l'ambiguïté fantastique de la fin.

« Paliure »

1. Jeu avec les mots

Recherchez les différents sens du mot « passion ». Montrez que son sens religieux et son sens courant sont également illustrés dans la nouvelle.

2. Une peinture assassine

1. Quels sont les sentiments du personnage pour les œuvres d'art dont il a la charge au musée ? Relevez dans le comportement de Beshevich ce qui prouve son indifférence, voire son mépris de la peinture.
2. Dans quelle mesure peut-on imaginer que Beshevich est victime d'une peinture vengeresse ?
3. Si l'on considère que la figure du Christ représentée par le peintre est responsable de l'agonie de Beshevich, quelle est l'arme du crime ? Qu'est-ce qui inflige de vives souffrances, dignes des stigmates du Christ, au pauvre gardien de musée ?
4. Dans certains textes, il arrive qu'une figure (tableau, rêve, histoire) insérée à l'intérieur d'un récit dépasse les limites de sa propre réalité pour contaminer l'univers fictif. C'est une métalepse. Dans quelle mesure le tableau du Christ devant lequel meurt Beshevich correspond-il à une métalepse dans « Paliure » ?

3. Simple coïncidence tragique ?

1. Quelle autre explication, rationnelle cette fois, peut-on donner de l'agonie et de la mort de Beshevich sur son lieu de travail ?
2. L'ironie tragique réside dans le fait de connaître, pour les spectateurs d'une pièce de théâtre ou pour les lecteurs d'une nouvelle, ce que le protagoniste ignore et veut savoir à tout prix. En quoi la mort du héros Beshevich est-elle fortement teintée d'ironie tragique ?

« Le Voleur et le Marchand »

1. Un Moyen Âge réaliste

Caractérisez le cadre spatio-temporel de l'intrigue : quels sont les éléments qui permettent de situer le récit au Moyen Âge ?

2. La caractérisation du personnage

Entre le début et la fin du récit, quels sont les changements qui ont affecté Colin le Bihot ?
Répondez à cette question en complétant le tableau suivant.

	Colin le Bihot	Maître Colin
Apparence physique		
Occupation		
Valeurs idéologiques et morales		

3. Une symbolique chrétienne

1. En quoi l'apparition de la Mort sous les traits d'un marchand débonnaire est-elle inhabituelle ? Quelle apparence inquiétante la Mort revêt-elle traditionnellement dans l'imaginaire populaire ?
2. La première rencontre avec la Mort sépare la vie de Colin en deux périodes opposées. Montrez que la seconde moitié de son existence rachète en quelque sorte les fautes et les crimes commis au cours de la première.
3. Dans la religion chrétienne, comment appelle-t-on la possibilité pour le pénitent d'obtenir le pardon de ses péchés antérieurs ?

4. Un conte merveilleux

1. À partir de la première rencontre de Colin avec la Mort, le destin du personnage change du tout au tout. Montrez que son parcours est digne de celui d'un héros de conte merveilleux.
2. La scène initiale de la rencontre avec la Mort se répète de façon symétrique à la fin de la nouvelle. Montrez que certaines circonstances sont absolument identiques et que d'autres s'inversent, en complétant le tableau suivant.

	Première rencontre	Seconde rencontre
Circonstances spatiales		
Circonstances temporelles		
Personnages présents		
Dénouement dramatique		

3. À quelles périodes de l'année se déroulent les deux face-à-face ? Quelle dimension symbolique peut-on donner à cette inscription saisonnière pour chacune des scènes ?
4. Diriez-vous que la nouvelle appartient au registre fantastique ou au registre merveilleux ? Justifiez votre réponse.

La vraie vie d'Arthur Rimbaud

« L'Enfant de colère [1] »

Jean Nicolas Arthur Rimbaud est né le 20 octobre 1854 à Charleville, dans les Ardennes. Sa mère, mariée à un capitaine d'infanterie, élève seule ses quatre enfants conçus au cours de permissions : Frédéric, l'aîné, Arthur, et leurs deux sœurs cadettes, Vitalie et Isabelle. Son mari l'abandonne en 1860 et ne donne plus de nouvelles. Il meurt dix-huit ans plus tard.

Arthur se distingue par des études brillantes ; il reçoit de nombreux prix en latin et en rhétorique, qui remplissent sa mère de fierté. Mais son air renfrogné ne laisse pas indifférents les professeurs ; l'un d'entre eux déclare au principal du collège : « Intelligent, autant que vous voudrez, mais il a des yeux et un sourire qui ne me plaisent pas. Il finira mal, en tout cas, rien de banal ne germera dans cette tête : ce sera le génie du bien ou du mal. »

1. Expression tirée d'un poème de Verlaine figurant dans le recueil Sagesse (1880).

À quinze ans, Arthur rencontre Georges Izambard, professeur tout jeune diplômé de l'École normale supérieure, qui l'initie aux arcanes de la poésie du Parnasse [1] et lui ouvre sa bibliothèque. Rimbaud écrit des vers en même temps qu'il dévore les œuvres de Verlaine, de Baudelaire et de Banville.

En 1870, alors que Napoléon III vient de déclarer la guerre à la Prusse, le poète adolescent fugue à Paris, puis à Charleroi (Belgique). Sans titre de transport dans le train, il est incarcéré à la prison de Mazas, quelques jours avant d'être libéré sur l'intervention de Georges Izambard. Au cours de ses vagabondages, il compose « Rêvé pour l'hiver », « Ma Bohème », « Au Cabaret-vert », « Cinq heures du soir »...

Il épouse la cause des insurgés pendant la Commune [2], et proclame sa révolte contre l'ordre bourgeois. Anarchiste et violent, il choque son entourage ; c'est l'époque où il expérimente le « long, immense et raisonné dérèglement de tous les sens », qu'il préconise dans sa fameuse « lettre du voyant » adressée à Paul Demeny (15 mai 1871), jeune poète et ami dont il a fait la connaissance par l'intermédiaire de Georges Izambard.

---

1. ***Parnasse*** : mouvement poétique de la seconde moitié du xixe siècle caractérisé par la recherche de la perfection formelle et par le culte de l'« art pour l'art » (d'après l'expression de Théophile Gautier), en réaction à l'engagement politique du romantisme. Parmi les poètes parnassiens, dont le nom est emprunté à la revue de Catulle Mendès, *Le Parnasse contemporain*, qui publie leurs poèmes de 1866 à 1876, on compte José Maria de Heredia, Théodore de Banville, François Coppée, Stéphane Mallarmé et Théophile Gautier.

2. ***Commune*** : de mars à mai 1871, période d'insurrection liée aux échecs successifs de l'armée française contre les Prussiens, au siège de Paris par l'ennemi et à l'incapacité du gouvernement de la Défense nationale de maîtriser la situation militaire. Des forces révolutionnaires opposées à la capitulation se développèrent, qui souhaitaient la mise en place d'une Commune insurrectionnelle.

« L'Époux infernal[1] »

Verlaine, à qui il a envoyé ses vers et dont il apprécie la poésie, l'invite à Paris, dans le foyer qu'il partage avec sa riche et bourgeoise belle-famille. L'histoire d'amour houleuse entre les deux poètes commence sous le toit conjugal. Rimbaud mène une vie de bohème, il s'encrapule, est hébergé successivement chez Charles Cros et Théodore de Banville, avec lesquels il finit par se brouiller. Il se voue corps et âme à sa poésie, et le reste du temps aime Verlaine. Mathilde, l'épouse de Verlaine, vit mal les frasques de son mari. Pour apaiser son courroux, celui-ci éloigne son jeune amant à Charleville, puis le rejoint à Bruxelles quelque temps plus tard. Le couple de poètes sillonne la Belgique avant de rejoindre Londres, depuis Ostende. Leur liaison est scandaleuse, marginale, mentionnée dans de nombreux rapports de police : crises et réconciliations passionnelles se succèdent à une cadence endiablée. Leur séjour se clôt sur une dispute violente, le 10 juillet 1873, au cours de laquelle Verlaine tire deux coups de feu sur son amant démoniaque. L'une des balles blesse Rimbaud à la main. La rupture entre les deux amants est consommée. Malgré les dénégations de Rimbaud, Verlaine est accusé de tentative de meurtre et condamné à deux ans de prison. À Roche, où sa mère l'attend, Rimbaud s'enferme dans le grenier pendant tout l'été et termine *Une saison en enfer*. La parution du recueil est un échec : sa poésie n'est pas comprise.

---

1. Extraite du recueil d'Arthur Rimbaud *Une saison en enfer* (1873), cette expression constitue le titre d'une section du poème « Délires ». « Époux infernal » désigne Satan, par référence au nom d'« Époux » donné par les religieuses au Seigneur, auquel elles vouent leur existence de prières. Ici, la formule fait référence au couple maudit que Rimbaud forma avec Verlaine.

« L'Homme aux semelles de vent[1] »

En 1874, l'amant et poète maudit retourne à Londres, où il cherche à gagner sa vie en tant que précepteur, tout en composant les *Illuminations*. En février 1875, il quitte Londres pour Stuttgart afin d'apprendre l'allemand. C'est là que, pour la dernière fois, il rencontre Verlaine, à qui il confie le manuscrit des *Illuminations*. De retour en France dans les Ardennes, pendant l'automne 1875, après un périple incertain, il est bientôt confronté à la mort de sa sœur préférée, Vitalie, qui succombe à dix-sept ans d'une synovite tuberculeuse. Cette perte est un déchirement profond. Dès le printemps 1876, Rimbaud repart pour Vienne. Ivre, un soir, il se fait dévaliser par un cocher de fiacre. Démuni et indésirable, il rentre à Charleville à pied.

En mai, il s'enrôle dans l'armée coloniale hollandaise; son navire rejoint Naples, le canal de Suez et enfin Jakarta. Le parfum de l'Orient l'enivre. Déserteur, il gagne la Suède en 1877, où il trouve un emploi d'interprète dans un cirque équestre. Puis il est tour à tour marin, docker, en Suède et en Norvège. En 1878, après un bref séjour dans les Ardennes où sa mère lui réserve un accueil très froid, il s'embarque depuis Marseille pour Alexandrie, puis gagne Chypre. Il travaille comme contremaître dans la carrière des établissements Ernest Jean et Thial fils. Mais, atteint de typhoïde, il est rapatrié d'urgence à Roche, chez les siens, et soigné. À l'automne 1879, au terme de sa convalescence, il reprend la route pour Alexandrie. En mars 1880, il occupe un emploi pour le compte des autorités anglaises à Chypre, puis il quitte l'île et longe le canal de Suez et les côtes de la mer Rouge, en pénétrant de plus en plus dans les déserts africains accablés de soleil. À Aden, au Yémen, il est engagé par une entreprise d'import-export, l'agence Bardey et Cie – il écrit à sa famille : « Aden est un roc affreux,

---

1. Titre d'un poème de Paul Verlaine dans lequel est évoqué Rimbaud et son goût du « Départ ».

sans un seul bruit d'herbe ni une goutte d'eau bonne. » Puis il est transféré à la succursale Bardey de Harrar, en Abyssinie (actuelle Éthiopie), où il est chef d'atelier du tri du café. Là, il travaille dans des circonstances excessivement difficiles. Il contracte la syphilis, et son employeur l'aide à se soigner. Pendant plusieurs années, il va s'épuiser en allers et retours entre Harrar et Aden, mais très vite il s'ennuie et souffre de la solitude. Dans une lettre aux siens, datée du 6 mai 1883, il écrit :

> Pour moi je regrette de ne pas être marié et avoir une famille. Mais à présent, je suis condamné à errer, attaché à une entreprise lointaine, et tous les jours, je perds le goût pour le climat et les manières de vivre, et même la langue de l'Europe. Hélas à quoi servent ces allers et venues, et ces fatigues et ces aventures chez des races étranges, et ces langues dont on se remplit la mémoire, et ces peines sans nom si je ne dois pas un jour, après quelques années, pouvoir me reposer dans un endroit qui me plaise à peu près, et trouver une famille et avoir au moins un fils que je passe le reste de ma vie à élever à mon idée, à orner et à armer de l'instruction la plus complète possible qu'on puisse atteindre à cette époque, et que je voie devenir ingénieur renommé, un homme puissant et riche par la science ? Mais qui sait combien peuvent durer mes jours dans ces montagnes-ci ? Et je puis disparaître au milieu de ces peuplades, sans que la nouvelle en ressorte jamais [...] [1] ?

En 1885, comprenant qu'il ne fera pas fortune rapidement dans l'import-export, il se lance dans le trafic d'armes, qu'il espère livrer au roi du Choa (région d'Éthiopie), Ménélik II, sanguinaire et mégalomane guerrier en conflit avec l'empereur d'Abyssinie. L'expédition est un fiasco complet ; ses associés meurent subitement et il est obligé de brader sa cargaison. Pendant ce temps, à Paris, son œuvre est en train de passer à la postérité. Sa réputa-

1. Cité dans Rimbaud, *Œuvres complètes*, *Correspondance de Rimbaud*, Gallimard, coll. « Bibliothèque de la Pléiade », 1972, p. 364-365.

tion s'étend à proportion du mystère de sa disparition. En 1887, aguerri par les entreprises douteuses, il devient quincaillier à Aden, en association avec le négociant César Tian. Il trouve là un compagnon en la personne d'un jeune abyssinien de dix-sept ans du nom de Djami, avec lequel il noue une relation amoureuse. Les affaires du commerce le réjouissent et le passionnent un temps mais, rapidement, l'ennui reprend le dessus. Seule la compagnie de Djami est une source de bonheur. En 1890, il reçoit la lettre d'un ancien camarade de collège qui lui apprend qu'il est devenu un poète célèbre ; il conserve la missive précieusement.

À partir de 1891, une vive douleur se déclare dans son genou droit ; le mal qui ressemble à une gangrène empire rapidement. Il gagne Aden sur une civière où l'on diagnostique une synovite, le même mal qui a emporté sa sœur. Il est embarqué à bord de l'*Amazone* à destination de Marseille. Le voyage dure treize jours de souffrances atroces. Le 22 mai, à l'hôpital de la Conception, les médecins décident l'amputation de la jambe malade. Le 27 mai, l'opération a lieu. Rimbaud tente d'apprendre à marcher avec des béquilles puis avec une jambe de bois : c'est une douleur sans fin pour cet homme que rien ne destinait à devenir « un tronçon immobile[1] » (lettre à sa sœur Isabelle du 10 juillet 1891).

Le 23 août, après un court séjour à Roche, il repart à Marseille, croyant qu'il pourra à nouveau s'embarquer pour l'Afrique. À sa descente du train, il est une fois de plus interné à l'hôpital de la Conception : on diagnostique un cancer généralisé. Il meurt le 10 novembre 1891, à l'âge de trente-sept ans.

---

1. *Ibid.*, p. 681.

Pour prolonger sa lecture

Dans les nouvelles qui suivent, le fantastique repose sur la figure narrative appelée « métalepse », qui opère la jonction entre différents niveaux de fiction – la fiction (un tableau, un rêve) insérée dans la fiction qui constitue le cadre narratif (la « réalité ») –, mise en évidence dans « Les Confidents ». Là, le scénario fantasmatique qui ravissait Beata Désidério dans son sommeil tendait à investir la réalité de la comtesse et à outrepasser son cadre onirique. Dans les nouvelles fantastiques, cette confusion entre rêve et réalité, fréquente dans l'esthétique baroque, est souvent concurrencée par la thématique du tableau qui s'anime. C'est le cas dans « Omphale » de Théophile Gautier ou dans « Comment Wang-Fô fut sauvé » de Marguerite Yourcenar. Enfin, moins couramment, le débordement de la fiction dans la réalité du cadre narratif peut se faire à partir d'une source littéraire : c'est le cas dans la nouvelle de Julio Cortázar, « Continuité des parcs », où le roman lu par le protagoniste prend le pas sur son environnement.

Théophile Gautier, « Omphale » (1834)

Né en 1811 à Tarbes, Théophile Gautier (qui meurt en 1872) est, au début de sa carrière poétique, un fervent défenseur du romantisme. Lors de la bataille d'*Hernani* (1830), il prend vigoureusement parti pour Victor Hugo en arborant le gilet rouge, symbole des partisans du romantisme. Mais il se dégage rapidement de ce mouvement et de cette esthétique, qu'il juge trop lyrique et trop personnelle. Il voue progressivement un culte à la beauté. Selon lui, l'art peut seul offrir une consolation à ceux que leur époque désespère. En 1836, dans l'introduction de son roman *Mademoiselle de Maupin*, il proclame que l'art ne doit pas être engagé, qu'il doit être extérieur à toute préoccupation d'utilité.

Ce texte est en quelque sorte le programme esthétique de l'« art pour l'art », théorie qui condamne tout engagement de la littérature pour ne privilégier que la recherche du beau. L'art n'est pas un moyen mais un but et n'a que faire de la politique ou de la morale. « Il n'y a de vraiment beau que ce qui ne sert à rien, tout ce qui est utile est laid », écrit Théophile Gautier.

Personnalité angoissée et mélancolique, Théophile Gautier cherche à s'échapper de la tristesse et de l'horreur de la condition humaine. La poésie puis l'écriture de récits en prose lui offrent un mode d'expression pour formuler sa quête d'idéal et son dégoût de la réalité. Ses contes et nouvelles fantastiques, parus en 1839 sous le titre *Une larme du diable*, lui permettent de concilier son amour des arts et son goût pour les fantaisies de l'imagination. Proches de l'œuvre du conteur allemand E.T.A. Hoffmann, les nouvelles de Gautier mêlent exotisme, intérêt pour l'Antiquité et les époques antérieures et érudition artistique, au sein d'une écriture qui emprunte à la peinture et qui assemble les mots comme l'orfèvrerie joue avec les pierres précieuses. Admiré par Baudelaire, notamment pour son recueil *Émaux et Camées* (1852), Théophile Gautier est, selon l'expression de l'auteur des *Fleurs du mal*, « le poète impeccable », « le parfait magicien des lettres françaises ».

« Omphale », sous-titrée « histoire rococo » et publiée en 1834, met en scène la fascination d'un jeune homme pour une tapisserie datant de la Régence, qui figure une courtisane déguisée en Omphale[1]. Cette créature mythologique qui orne les murs de sa chambre semble s'animer chaque nuit, procurant plus de plaisir que d'épouvante à l'hôte en question. Prétexte à une évocation de l'esthétique baroque et des décorations prisées

---

1. ***Omphale*** : reine légendaire de Lydie qui fit d'Héraclès (Hercule) – héros à la force et au courage sans pareils – son esclave, lequel débarrassa le pays des monstres et des pillards et triompha de l'ennemi. Admirative, Omphale le libéra et l'épousa.

au temps de la Régence, ce conte joue avec le motif de l'animation d'un espace figuré, tout comme la nouvelle de Marguerite Yourcenar (voir p. 115).

[…] Je fis cette nuit-là un rêve singulier, si toutefois c'était un rêve.

J'entendis les anneaux des rideaux de mon lit glisser en criant sur leurs tringles, comme si l'on eût tiré précipitamment les courtines [1]. Je m'éveillai ; du moins dans mon rêve il me sembla que je m'éveillais. Je ne vis personne.

La lune donnait sur les carreaux et projetait dans la chambre sa lueur bleue et blafarde. De grandes ombres, des formes bizarres, se dessinaient sur le plancher et sur les murailles. La pendule sonna un quart ; la vibration fut longue à s'éteindre ; on aurait dit un soupir. Les pulsations du balancier [2], qu'on entendait parfaitement, ressemblaient à s'y méprendre au cœur d'une personne émue.

Je n'étais rien moins qu'à mon aise et je ne savais trop que penser.

Un furieux coup de vent fit battre les volets et ployer le vitrage de la fenêtre. Les boiseries craquèrent, la tapisserie ondula. Je me hasardai à regarder du côté d'Omphale, soupçonnant confusément qu'elle était pour quelque chose dans tout cela. Je ne m'étais pas trompé.

La tapisserie s'agita violemment. Omphale se détacha du mur et sauta légèrement sur le parquet ; elle vint à mon lit en ayant soin de se tourner du côté de l'endroit. Je crois qu'il n'est pas nécessaire de raconter ma stupéfaction. Le vieux militaire le plus intrépide n'aurait pas été trop rassuré dans une pareille circonstance, et je n'étais ni vieux ni militaire.

J'attendis en silence la fin de l'aventure.

---

1. ***Courtines*** : rideaux de lit.
2. ***Balancier*** : pièce d'une horloge au mouvement régulier.

Une petite voix flûtée et perlée résonna doucement à mon oreille, avec ce grasseyement mignard affecté sous la Régence par les marquises et les gens du bon ton :

« Est-ce que je te fais peur, mon enfant ? Il est vrai que tu n'es qu'un enfant ; mais cela n'est pas joli d'avoir peur des dames, surtout de celles qui sont jeunes et te veulent du bien ; cela n'est ni honnête ni français ; il faut te corriger de ces craintes-là. Allons, petit sauvage, quitte cette mine et ne te cache pas la tête sous les couvertures. Il y aura beaucoup à faire à ton éducation, et tu n'es guère avancé, mon beau page ; de mon temps les Chérubins [1] étaient plus délibérés que tu ne l'es.

– Mais, dame, c'est que...

– C'est que cela te semble étrange de me voir ici et non là, dit-elle en pinçant légèrement sa lèvre rouge avec ses dents blanches, et en étendant vers la muraille son doigt long et effilé. En effet, la chose n'est pas trop naturelle ; mais, quand je te l'expliquerais, tu ne la comprendrais guère mieux : qu'il te suffise donc de savoir que tu ne cours aucun danger.

– Je crains que vous ne soyez le... le...

– Le diable, tranchons le mot, n'est-ce pas ? c'est cela que tu voulais dire ; au moins tu conviendras que je ne suis pas trop noire pour un diable, et que, si l'enfer était peuplé de diables faits comme moi, on y passerait son temps aussi agréablement qu'en paradis. »

Pour montrer qu'elle ne se vantait pas, Omphale rejeta en arrière sa peau de lion [2] et me fit voir des épaules et un sein d'une forme parfaite et d'une blancheur éblouissante.

---

1. ***Chérubins*** : dans la hiérarchie chrétienne, type d'anges placés derrière les séraphins. Par allusion au personnage de Beaumarchais dans *Le Mariage de Figaro* (1784), se dit également d'un bel adolescent, encore timide et espiègle comme un enfant, mais capable parfois d'une certaine hardiesse virile.

2. Allusion à la peau du lion de Némée, qui, dans la mythologie antique, est une créature engendrée par Orthos et Echidna et dont l'extermination

« Eh bien ! qu'en dis-tu ? fit-elle d'un petit air de coquetterie satisfaite.

– Je dis que, quand vous seriez le diable en personne, je n'aurais plus peur, Madame Omphale.

– Voilà qui est parler ; mais ne m'appelez plus ni madame ni Omphale. Je ne veux pas être madame pour toi, et je ne suis pas plus Omphale que je ne suis le diable.

– Qu'êtes-vous donc, alors ?

– Je suis la marquise de T+++. Quelque temps après mon mariage, le marquis fit exécuter cette tapisserie pour mon appartement, et m'y fit représenter sous le costume d'Omphale ; lui-même y figure sous les traits d'Hercule. C'est une singulière idée qu'il a eue là ; car, Dieu le sait, personne au monde ne ressemblait moins à Hercule que le pauvre marquis. Il y a bien longtemps que cette chambre n'a été habitée. Moi, qui aime naturellement la compagnie, je m'ennuyais à périr, et j'en avais la migraine. Être avec mon mari, c'est être seule. Tu es venu, cela m'a réjouie ; cette chambre morte s'est ranimée, j'ai eu à m'occuper de quelqu'un. Je te regardais aller et venir, je t'écoutais dormir et rêver ; je suivais tes lectures. Je te trouvais bonne grâce, un air avenant, quelque chose qui me plaisait : je t'aimais enfin. Je tâchai de te le faire comprendre ; je poussais des soupirs, tu les prenais pour ceux du vent ; je te faisais des signes, je te lançais des œillades langoureuses, je ne réussissais qu'à te causer des frayeurs horribles. En désespoir de cause, je me suis décidée à la démarche inconvenante que je fais, et à te dire franchement ce que tu ne pouvais entendre à demi-mot. Maintenant que tu sais que je t'aime, j'espère que… »

---

fut le premier des sept travaux imposés à Hercule. Lorsqu'il eut triomphé de l'animal, le héros se servit de la tête comme d'un casque et de la peau – si dure que ni le fer ni l'airain ne pouvaient l'entamer – comme d'une armure.

La conversation en était là, lorsqu'un bruit de clef se fit entendre dans la serrure.

Omphale tressaillit et rougit jusque dans le blanc des yeux.

« Adieu ! dit-elle, à demain. » Et elle retourna à sa muraille à reculons, de peur sans doute de me laisser voir son envers.

C'était Baptiste qui venait chercher mes habits pour les brosser.

« Vous avez tort, monsieur, me dit-il, de dormir les rideaux ouverts. Vous pourriez vous enrhumer du cerveau ; cette chambre est si froide ! »

En effet, les rideaux étaient ouverts ; moi qui croyais n'avoir fait qu'un rêve, je fus très étonné, car j'étais sûr qu'on les avait fermés le soir.

Aussitôt que Baptiste fut parti, je courus à la tapisserie. Je la palpai dans tous les sens ; c'était bien une vraie tapisserie de laine, raboteuse au toucher comme toutes les tapisseries possibles. Omphale ressemblait au charmant fantôme de la nuit comme un mort ressemble à un vivant. Je relevai le pan ; le mur était plein ; il n'y avait ni panneau masqué ni porte dérobée. Je fis seulement cette remarque, que plusieurs fils étaient rompus dans le morceau de terrain où portaient les pieds d'Omphale. Cela me donna à penser. [...]

Théophile Gautier,
Contes et nouvelles fantastiques, 1834.

En vous appuyant sur les catégories du fantastique définies par Todorov (voir présentation, p. 17), dites de quel type de fantastique relève cette nouvelle.

Marguerite Yourcenar, « Comment Wang-Fô fut sauvé » (1936)

Écrivain Franco-Belge née en 1903, Marguerite de Crayencour (dont Yourcenar est l'anagramme) perd sa mère à la naissance. Influencée par les goûts anticonformistes de son père, qui lui transmet sa culture et sa passion des voyages, elle suit des études de lettres classiques à Bruxelles puis à Paris. À la mort de son père, en 1929, elle publie son premier roman *Alexis ou le Traité du vain combat* et se consacre entièrement à l'écriture. En 1938, paraît le recueil des *Nouvelles orientales* qui réunit des récits inspirés de légendes, de fables ou d'apologues venus de Chine, de Grèce, des Balkans ou encore du Japon.

Avant la guerre, elle s'installe aux États-Unis, dans le Maine, chez sa maîtresse où elle obtiendra la nationalité américaine. En 1951, elle connaît un succès international avec les *Mémoires d'Hadrien*, lettre de l'empereur romain à son successeur Marc Aurèle, qui évoque avec un stoïcisme sublime l'approche de la mort. En 1968, *L'Œuvre au noir* poursuit cette œuvre humaniste où l'hommage rendu à la culture classique se mêle à une veine romanesque et métaphysique. Le roman évoque la vie d'un alchimiste de la Renaissance, Zénon, victime de l'intolérance religieuse. Après s'être livrée avec bonheur au roman biographique, c'est à sa propre histoire que l'écrivain s'intéresse avec une trilogie intitulée *Le Labyrinthe du monde*, dont le dernier volume *Quoi ? L'Éternité*, paraît de façon posthume en 1988. En 1980, elle est la première femme élue à l'Académie française, honneur pour lequel elle renonce à la nationalité américaine. Elle s'éteint dans le Maine en 1987.

« Comment Wang-Fô fut sauvé », extrait des *Nouvelles orientales*, inspiré d'un apologue chinois, retrace le parcours d'un peintre au talent merveilleux, Wang-Fô, accompagné de son disciple Ling, sur les routes du royaume de Han. Arrêtés par les soldats de l'Empereur et menés à la Cité interdite, l'artiste est condamné à avoir les yeux brûlés et les mains coupées et son fidèle disciple est décapité. Wang-Fô est accusé d'avoir trompé l'Empereur sur la véritable beauté du monde. En effet, ce dernier, qui a grandi au milieu des tableaux du peintre, en sortant de la Cité interdite, a eu l'immense douleur de découvrir que la réalité ne correspondait pas à la beauté idéale des œuvres du maître. Mais, avant le supplice, l'Empereur exige que Wang-Fô termine une esquisse de jeunesse, une marine laissée inachevée... Alors qu'il s'adonne à son art, la mer peinte sur la toile se déverse peu à peu dans le palais impérial et inonde miraculeusement la salle du trône. Ling ressuscité tend alors la main à son maître, et les deux hommes « dispar[aissent] à jamais sur cette mer de jade bleu que Wang-Fô [vient] d'inventer ».

On retrouve dans cette nouvelle qui tient du conte merveilleux le procédé de la métalepse qui consiste à brouiller les frontières entre deux univers de fiction normalement hermétiques, celui de la représentation picturale et celui de la réalité impériale du Moyen Âge chinois.

[...] Sur un signe du petit doigt de l'Empereur, deux eunuques apportèrent respectueusement la peinture inachevée où Wang-Fô avait tracé l'image de la mer et du ciel. Wang-Fô sécha ses larmes et sourit, car cette petite esquisse lui rappelait sa jeunesse. Tout y attestait une fraîcheur d'âme à laquelle Wang-Fô ne pouvait plus prétendre, mais il y manquait cependant quelque chose, car à l'époque où Wang l'avait peinte, il n'avait pas encore assez contemplé de montagnes, ni de rochers baignant dans la mer leurs flancs nus, et ne s'était pas assez pénétré de la tristesse du crépuscule. Wang-Fô choisit un des pinceaux que lui présentait un esclave et se mit à étendre sur la mer inachevée de larges coulées bleues. Un eunuque accroupi à ses pieds broyait les couleurs ; il s'acquittait assez mal de cette besogne, et plus que jamais Wang-Fô regretta son disciple Ling.

Wang commença par teinter de rosé le bout de l'aile d'un nuage posé sur une montagne. Puis il ajouta à la surface de la mer de petites rides qui ne faisaient que rendre plus profond le sentiment de sa sérénité. Le pavement de jade devenait singulièrement humide, mais Wang-Fô, absorbé dans sa peinture, ne s'apercevait pas qu'il travaillait assis dans l'eau.

Le frêle canot grossi sous les coups de pinceau du peintre occupait maintenant tout le premier plan du rouleau de soie. Le bruit cadencé des rames s'éleva soudain dans la distance, rapide et vif comme un battement d'aile. Le bruit se rapprocha, emplit doucement toute la salle, puis cessa, et des gouttes tremblaient, immobiles, suspendues aux avirons du batelier. Depuis longtemps, le fer rouge destiné aux yeux de Wang s'était éteint sur le brasier [1] du bourreau. Dans l'eau jusqu'aux épaules, les courtisans, immobilisés par l'étiquette [2], se soulevaient sur la pointe des pieds. L'eau atteignit enfin au niveau du cœur impérial. Le silence était si profond qu'on eût entendu tomber des larmes.

C'était bien Ling. Il avait sa vieille robe de tous les jours, et sa manche droite portait encore les traces d'un accroc qu'il n'avait pas eu le temps de réparer, le matin, avant l'arrivée des soldats. Mais il avait autour du cou une étrange écharpe rouge.

Wang-Fô lui dit doucement en continuant à peindre :

« Je te croyais mort.

– Vous vivant, dit respectueusement Ling, comment aurais-je pu mourir ? »

Et il aida le maître à monter en barque. Le plafond de jade se reflétait sur l'eau, de sorte que Ling paraissait naviguer à l'intérieur d'une grotte. Les tresses des courtisans submergés ondulaient à la surface comme des serpents, et la tête pâle de l'Empereur flottait comme un lotus [3].

« Regarde, mon disciple, dit mélancoliquement Wang-Fô. Ces malheureux vont périr, si ce n'est déjà fait. Je ne me doutais pas

---

1. ***Brasier*** : foyer où brûle un feu.
2. ***Étiquette*** : ensemble de règles qui régissent la conduite des courtisans.
3. ***Lotus*** : fleur qui pousse à la surface des eaux, nénuphar.

qu'il y avait assez d'eau dans la mer pour noyer un Empereur. Que faire !

– Ne crains rien, Maître, murmura le disciple. Bientôt, ils se trouveront à sec et ne se souviendront même pas que leur manche ait jamais été mouillée. Seul, l'Empereur gardera au cœur un peu d'amertume marine. Ces gens ne sont pas faits pour se perdre à l'intérieur d'une peinture. »

Et il ajouta :

« La mer est belle, le vent bon, les oiseaux marins font leur nid. Partons, mon Maître, pour le pays au-delà des flots.

– Partons, dit le vieux peintre. »

Wang-Fô se saisit du gouvernail, et Ling se pencha sur les rames. La cadence des avirons emplit de nouveau toute la salle, ferme et régulière comme le bruit d'un cœur. Le niveau de l'eau diminuait insensiblement autour des grands rochers verticaux qui redevenaient des colonnes. Bientôt, quelques rares flaques brillèrent seules dans les dépressions [1] du pavement de jade. Les robes des courtisans étaient sèches, mais l'Empereur gardait quelques flocons d'écume dans la frange de son manteau.

Le rouleau achevé par Wang-Fô restait posé sur la table basse. Une barque en occupait tout le premier plan. Elle s'éloignait peu à peu, laissant derrière elle un mince sillage qui se refermait sur la mer immobile. Déjà, on ne distinguait plus le visage des deux hommes assis dans le canot. Mais on apercevait encore l'écharpe rouge de Ling, et la barbe de Wang-Fô flottait au vent.

La pulsation des rames s'affaiblit, puis cessa, oblitérée [2] par la distance. L'Empereur, penché en avant, la main sur les yeux, regardait s'éloigner la barque de Wang qui n'était déjà plus qu'une tache imperceptible dans la pâleur du crépuscule. Une buée d'or s'éleva et se déploya sur la mer. Enfin, la barque vira

---

1. ***Dépressions*** : creux.

2. ***Oblitérée*** : ici, devenue invisible. Le sens premier d'« oblitérer » est « effacer par l'usure ».

autour d'un rocher qui fermait l'entrée du large ; l'ombre d'une falaise tomba sur elle ; le sillage s'effaça de la surface déserte, et le peintre Wang-Fô et son disciple Ling disparurent à jamais sur cette mer de jade bleu que Wang-Fô venait d'inventer.

Marguite Yourcenar, *Nouvelles orientales*, © Gallimard, 1938.

1. Dans cette nouvelle, précisez la nature du phénomène fantastique qui permet à Wang-Fô et à Ling d'échapper à la mort.
2. Pourquoi peut-on dire que la nouvelle relève plus du merveilleux que du fantastique ?

Julio Cortázar, « Continuité des parcs » (1956)

Fils d'un consul argentin, Julio Cortázar, né en 1914 à Bruxelles, a passé son enfance et son adolescence en Argentine, avant de s'installer en France en 1951, pour des raisons politiques. Enseignant puis traducteur à l'Unesco, il a finalement adopté la nationalité française et a poursuivi son œuvre littéraire de conteur en langue espagnole. Dans la veine de Jorge Luis Borges, il se plaît, dans ses nouvelles fantastiques, à brouiller les frontières entre le réel et l'imaginaire. Dans la nouvelle intitulée « Continuité des parcs », extraite du recueil *Fin d'un jeu* (1956), la fiction que lit le protagoniste finit insensiblement par contaminer son univers : le héros du conte devient la cible des meurtriers du roman qu'il est en train d'effeuiller.

Julio Cortázar est également l'auteur de romans qui expérimentent des règles de composition ludique : *Marelle* est construit selon les règles du jeu du même nom, les chapitres pouvant se lire soit selon une stricte succession chronologique, soit selon l'ordre d'une numérotation apparemment aléatoire, ce qui permet d'élaborer un système de combinatoires narratives.

En 1974, Julio Cortázar reçoit le prix Médicis pour son roman *Livre de Manuel*. Après s'être engagé en faveur du Salvador et du Nicaragua, il meurt à Paris, le 12 février 1984.

Il avait commencé à lire le roman quelques jours auparavant. Il l'abandonna à cause d'affaires urgentes et l'ouvrit de nouveau dans le train, en retournant à sa propriété. Il se laissait lentement intéresser par l'intrigue et le caractère des personnages. Ce soir-là, après avoir écrit une lettre à son fondé de pouvoirs [1], et discuté avec l'intendant [2] une question de métayage [3], il reprit sa lecture dans la tranquillité du studio, d'où la vue s'étendait sur le parc planté de chênes… Installé dans son fauteuil favori, le dos à la porte pour ne pas être gêné par une irritante possibilité de dérangements divers, il laissait sa main gauche caresser de temps en temps le velours vert. Il se mit à lire les derniers chapitres. Sa mémoire retenait sans effort les noms et l'apparence des héros. L'illusion romanesque le prit presque aussitôt. Il jouissait du plaisir presque pervers de s'éloigner petit à petit, ligne après ligne, de ce qui l'entourait, tout en demeurant conscient que sa tête reposait commodément sur le velours du dossier élevé, que les cigarettes restaient à portée de sa main et qu'au-delà des grandes fenêtres le souffle du crépuscule semblait danser sous les chênes.

Phrase après phrase, absorbé par la sordide alternative où se débattaient les protagonistes, il se laissait prendre aux images qui s'organisaient et acquéraient progressivement couleur et vie. Il fut ainsi témoin de la dernière rencontre dans la cabane parmi la broussaille. La femme entra la première, méfiante. Puis vint l'homme, le visage griffé par les épines d'une branche. Admirablement, elle étanchait de ses baisers le sang des égratignures. Lui, se dérobait aux caresses. Il n'était pas venu pour répéter le cérémonial d'une passion clandestine protégée par un monde de feuilles sèches et de sentiers furtifs. Le poignard deve-

1. ***Fondé de pouvoirs*** : personne chargée d'agir au nom d'une autre.
2. ***Intendant*** : personne chargée d'administrer les biens et les affaires d'une autre.
3. ***Métayage*** : mode d'exploitation agricole qui consiste pour le propriétaire d'une terre à la faire cultiver par une personne avec laquelle il partage les récoltes et les bénéfices.

nait tiède au contact de sa poitrine. Dessous, au rythme du cœur, battait la liberté convoitée. Un dialogue haletant se déroulait au long des pages comme un fleuve de reptiles, et l'on sentait que tout était décidé depuis toujours. Jusqu'à ces caresses qui enveloppaient le corps de l'amant comme pour le retenir et le dissuader, dessinaient abominablement les contours de l'autre corps, qu'il était nécessaire d'abattre. Rien n'avait été oublié : alibis, hasards, erreurs possibles. À partir de cette heure, chaque instant avait son usage minutieusement calculé. La double et implacable répétition était à peine interrompue le temps qu'une main frôle une joue. Il commençait à faire nuit.

Sans se regarder, étroitement liés à la tâche qui les attendait, ils se séparèrent à la porte de la cabane. Elle devait suivre le sentier qui allait vers le nord. Sur le sentier opposé, il se retourna un instant pour la voir courir, les cheveux dénoués. À son tour, il se mit à courir, se courbant sous les arbres et les haies. À la fin, il distingua dans la brume mauve du crépuscule l'allée qui conduisait à la maison. Les chiens ne devaient pas aboyer et ils n'aboyèrent pas. À cette heure, l'intendant ne devait pas être là et il n'était pas là. Il monta les trois marches du perron et il entra. À travers le sang qui bourdonnait dans ses oreilles, lui parvenaient encore les paroles de la femme. D'abord une salle bleue, puis un corridor, puis un escalier avec un tapis. En haut, deux portes. Personne dans la première pièce, personne dans la seconde. La porte du salon, et alors, le poignard en main, les lumières des grandes baies, le dossier élevé du fauteuil de velours vert et, dépassant le fauteuil, la tête de l'homme en train de lire le roman.

Julio Cortázar, *Fin d'un jeu*,
trad. Laure Guille-Bataillon, en collaboration
avec C. et R. Caillois, © Gallimard.

Dans ce texte, quels sont les éléments qui permettent d'instaurer une continuité entre le monde de la fiction et le monde réel du lecteur ?

Interview de Philippe Claudel

1. Comment *Les Petites Mécaniques* sont-elles nées ? L'unité thématique, mise en évidence par le titre du recueil et la citation de Pascal placée en exergue, a-t-elle préexisté à l'écriture des nouvelles ou s'est-elle imposée progressivement ?

Tout cela a été très progressif. Au fur et à mesure que j'ai écrit les nouvelles, la thématique centrale s'est imposée. Je me rendais compte peu à peu que tous ces textes que j'écrivais avec une apparente inconscience étaient en fait très liés entre eux. La citation de Pascal est venue éclairer *a posteriori* le matériau.

2. Jusqu'à quel point vous inscrivez-vous dans le sillage de Pascal, pour qui la fragilité humaine s'entend comme celle de l'homme sans Dieu ?

La lecture des *Pensées* a été une expérience essentielle dans ma vie d'homme, de lecteur et d'écrivain. Ce livre que j'ai lu assez tardivement, vers mes trente ans, m'a profondément imprégné. Je n'avais jusqu'à ce moment jamais lu, exprimé avec une telle acuité, et un tel sens de la formulation, un constat aussi acéré de l'existence humaine. Je ne cesse de méditer les enseignements de Pascal, duquel je ne retiens d'ailleurs que l'aspect « laïc », et cela se sent beaucoup dans *Les Âmes grises*, qui est peut-être encore davantage marqué par l'influence de Pascal que *Les Petites Mécaniques*.

3. Le présent recueil réunit quatre nouvelles des *Petites Mécaniques* : « Les Confidents », « L'Autre », « Paliure » et « Le Voleur et le Marchand ». À la fin de ces récits, le personnage central meurt. Comment qualifieriez-vous la mort de chacun d'eux ?

Je pense que la mort est le grand moment romanesque qui permet de contrebalancer et d'éclairer l'ensemble d'une vie. Tous les personnages ici finalement prennent sens par rapport à ce terme. Toute mort, en particulier ici, est aussi une confrontation avec sa propre solitude, un rassemblement de cendres et de forces, un bilan sans comptable.

4. ***Les Petites Mécaniques*** **ont pu être comparées par certains critiques à des poèmes en prose. Avez-vous voulu tendre vers ce genre spécifique ?**

Baudelaire m'a beaucoup marqué. Pour moi, c'est le Grand Poète, plus que Rimbaud d'ailleurs, que je place davantage dans le sillon de la fulgurance, d'une forme humaine de comète. Et Baudelaire a eu cette injonction fameuse : « Sois toujours poète, même en prose. » J'ai pris souvent cela comme un mot d'ordre. Par ailleurs, le poème en prose est une sorte de bijou qui m'a toujours fasciné, spécialement chez Aloysius Bertrand, qui a créé ce genre[1].

5. De quels romanciers vous sentez-vous proche ? Quelles sont vos influences littéraires ?

Il y a beaucoup de romanciers que j'admire, morts et vivants. Je pourrais citer Céline, Borges, Sciascia, Giono, Simenon, Gracq, Pirotte, Calet, Roth, Breat Easton Ellis, Antonio Muñoz Molina, Lussu, Charras, Gogol. Mais je ne raisonne pas en terme de proximité. Lorsque j'écris, je ne pense qu'à ce que j'écris. Je ne me sens proche que de mes personnages. C'est aux lecteurs d'opérer ensuite des rapprochements et de créer des familles de romanciers. En ce qui concerne les influences, je pense que toutes les lectures que j'ai faites, et que je fais – je suis un gros lecteur –, m'influencent, sans que je le soupçonne, les bonnes lectures comme les mauvaises.

---

1. Aloysius Bertrand (1807-1841), poète français né en Italie, a inventé le genre du poème en prose avec *Gaspard de la nuit* (1835), recueil d'inspiration médiévale et romantique, qui insuffla à Baudelaire *Le Spleen de Paris* (posthume, 1869).

6. Vous êtes l'auteur de plusieurs romans. Quelles sont les possibilités qu'offre la nouvelle et que ne permet pas le roman (ou que le roman permet dans une moindre mesure) ?

La nouvelle est un petit monde dont on peut faire le tour en une journée, avec un grand plaisir. Le plaisir revient à se promener dans un jardin, tandis que pour le roman, on s'embarque dans le défrichage d'un territoire inconnu et aussi vaste que l'Amazonie. On ne sait d'ailleurs pas si on en reviendra, ni même si on en sortira vivant.

7. Vous indiquez que *Les Petites Mécaniques* sont « teintées de fantastique [1] ». Comment définiriez-vous ce genre dans vos récits ?

C'est une déchirure qui, survenant dans le réel, permet de l'ausculter mieux encore. C'est un procédé qui permet l'accès à une connaissance de soi, du monde ou des autres, inatteignable par des moyens classiques et réalistes.

8. Pourriez-vous expliquer la place très importante que vous donnez à la peinture, à la poésie ou à l'architecture dans les nouvelles de ce recueil ?

Toutes ces formes d'art m'ont toujours accompagné et nourri depuis mon enfance. La peinture, j'ai beaucoup peint moi-même, est comme une autre part de ma personnalité, ainsi que la musique d'ailleurs. C'est vrai que dans ce recueil il y a beaucoup de références à la peinture, évidentes ou masquées. Ce livre est aussi en somme un voyage parmi les œuvres des artistes qui m'ont marqué.

9. « Le Voleur et le Marchand » rappelle le film d'Ingmar Bergman, *Le Septième Sceau* [2]. Ce film fait-il partie de vos références cinématographiques ?

Je l'ai vu très tôt, trop tôt, et il m'a beaucoup ennuyé. Je suis resté sur ce souvenir d'ennui. Mais l'ennui peut être parfois fertile.

---

1. Dans la présentation du volume pour les éditions du Mercure de France (2003).

2. Voir présentation, p. 15.

10. « L'Autre » mélange la biographie d'Arthur Rimbaud et la fiction. Pourquoi avez-vous choisi ce poète et quel est votre rapport à son œuvre ?

Rimbaud est la première rock-star, et j'ai toujours été fasciné par les rock-stars qui sont des sortes de Christ modernes, brûlant leur vie pour les autres. La mythologie rimbaldienne m'intéresse d'ailleurs peut-être plus encore que les textes de Rimbaud, et cette nouvelle parle justement de la fascination pour le mystère, pour la légende en train de se former. Elle tente de dire aussi, à sa façon, combien la découverte d'une œuvre peut bouleverser nos vies, et combien aussi une œuvre qui nous fascine devient notre œuvre. Nous sommes tous les auteurs des livres que nous lisons.

11. *Les Petites Mécaniques* évoquent ce point de déséquilibre qui fait basculer certaines destinées ordinaires dans le drame ou transforme des anonymes sans grâce en ascètes [1] sublimes. À ce titre, les nouvelles de ce recueil rappellent les hagiographies [2] modernes que Pierre Michon a réservées aux humbles figures de son adolescence dans ses *Vies minuscules*. Revendiqueriez-vous cette parenté ?

Non. J'ai très peu lu les livres de cet auteur. J'avais commencé peu après sa sortie *Vies minuscules*, mais je crois me souvenir que j'ai arrêté au bout de dix pages, car je trouvais le style affecté et pesant. Il faudrait que je le reprenne, j'ai peut-être été injuste. En revanche, je suis d'accord avec la définition que vous donnez à propos de la saisie des existences banales, sur le point de basculer, qu'on verrait dans ce que j'écris. Je suis en effet très soucieux de cela.

---

1. ***Ascètes*** : au sens propre, personnes qui mènent une vie austère, dédiée à la prière, et qui espèrent atteindre la perfection morale grâce à l'abstinence, aux mortifications et aux exercices spirituels.

2. ***Hagiographies*** : au sens propre, récits de vies de saints. Le mot est ici employé pour les « biographies » que Pierre Michon dresse des figures anonymes et profanes de son enfance, qu'il consacre et sanctifie par l'acte d'écriture.

Bibliographie de Philippe Claudel

Meuse l'oubli, Balland, 1999, rééd. Gallimard, coll. « Folio », 2006 [roman].

Le Café de l'Excelsior, avec des photographies de Jean-Michel Marchetti, La Dragonne, 1999 [roman].

Barrio Flores, avec des photographies de Jean-Michel Marchetti, La Dragonne, 2000 [nouvelles].

J'abandonne, Balland, 2000, rééd. Gallimard, coll. « Folio », 2002 [roman].

Quelques-uns des cent regrets, Balland 2000, rééd. Gallimard, coll. « Folio », 2006, Stock, 2007 [roman].

Au revoir monsieur Friant, Phileas Fogg, 2001 [roman].

Pour Richard Bato, Æncrages & Co, coll. « Visible-lisible », 2001 [récit].

Le Bruit des trousseaux, Stock, 2002, rééd. Le Livre de Poche, 2003 [récit].

Carnets cubains, Librairies Initiales, 2002 [chroniques, hors commerce].

Mirhaëla, avec des photographies de Richard Bato, Æncrages & Co, 2002 [nouvelle].

La Mort dans le paysage, avec une composition originale de Nicolas Matula, Æncrages & Co, 2002 [nouvelle].

Nos si proches Orients, National Géographique, 2002 [récit].

Les Âmes grises, Stock, 2003, rééd. Le Livre de Poche, 2008 [roman].

Trois Petites Histoires de jouets, Virgile, 2003, rééd. Le Livre de Poche, 2010 [nouvelles].

La Petite Fille de monsieur Linh, Stock, 2005, rééd. Le Livre de Poche, 2013 [roman].

Trois Nuits au palais Farnèse, Nicolas Chaudun, 2005 [récit].

Fictions intimes, nouvelles sur des photographies de Laure Vasconi, éditions Filigranes, 2005.

Ombellifères, éditions Circa 1924, 2006 [récit].

Le Monde sans les enfants : et autres histoires, Stock, 2006, rééd. Le Livre de Poche, 2008 [nouvelles].

Quartier : chronique, avec des photographies de Richard Bato, La Dragonne, 2007.

Le Rapport de Brodeck, Stock, 2007, rééd. Le Livre de Poche, 2010 [roman].

Parle-moi d'amour, Stock, 2008, rééd. Le Livre de Poche, 2012 [théâtre].

Petite fabrique des rêves et des réalités, Stock, 2008, rééd. Le Livre de Poche (*Il y a longtemps que je t'aime : petite fabrique des rêves et des réalités*), 2013 [roman].

Chronique monégasque et autres textes, Gallimard, coll. « Folio Senso », 2008 [récit].

Tomber de rideau, sur des illustrations de Gabriel Belgeonne, Jean Delvaud et Johannes Strugalla, Æncrages & Co, 2009 [poésie].

L'Enquête, Stock, 2010, rééd. Le Livre de Poche, 2012 [roman].

Le Paquet, Stock, 2010, rééd. Le Livre de Poche, 2011 [théâtre].

Quelques fins du monde, avec des illustrations de Joël Leick, Æncrages & Co, 2011 [poésie].

Parfums, Stock, 2012, rééd. Le Livre de Poche, 2014 [récits].

Jean-Bark, Stock, 2013 [récit].

Rambétant, avec des photographies de Jean-Charles Wolfarth, Circa 1924, 2014 [poésie].

Création maquette intérieure :
Sarbacane Design.

Nº d'édition : L.01EHRN000472.N001
Dépôt légal : septembre 2015
Imprimé en Espagne par Novoprint (Barcelone)